세 잔 의   산 ,

생 트 빅 투 아 르 의
가 르 침

세 잔 의   산,

Die
Lehre der
Sainte-Victoire

생 트 빅 투 아 르 의
가 르 침

페터 한트케 지음

배수아 옮김

아트북스

일러두기

- 이 책은 Peter Handke, *Die Lehre der Sainte-Victoire*, Suhrkamp, 1980을 완역한 것입니다.
- 단행본은 『 』, 단편소설, 미술작품은 「 」로 묶어 표기했습니다.
- 인명·지명 등의 외래어 표기는 국립국어원 규정을 따르는 것을 원칙으로 하였으나 용례가 굳어진 경우에는 통용되는 표기를 따랐습니다.
- 책의 각주는 모두 옮긴이의 것입니다.

[차 례]

커다란 아치   011

색채의 언덕   037

철학자의 고원   044

늑대의 점프   052

뽕나무 길   061

그림들의 그림   071

차가운 들판   081

팽이의 언덕   094

커다란 숲   113

해설   132

헤르만 렌츠와 하네 렌츠에게
1979년 1월의 추억을 감사하며

오늘 저녁 한 편의 이야기를 들려드리겠습니다.

듣고 나면 아무것도 생각나지 않고, 또 모든 것을 생각나게 할

이야기를.

괴테, 『동화』

커다란 아치

유럽으로 돌아온 후 나는 매일매일 활자가 필요했고 많은 글을 새로이 읽었다.

아달베르트 슈티프터의 『수정Bergkristall』에 나오는 외딴 마을의 주민들은 대단한 꾸준함의 소유자다. 돌 하나가 담벼락에서 떨어져나오면 그 자리에 바로 그 돌을 다시 끼워넣었고, 옛집을 허물면 똑같은 모양의 새집을 지었으며, 지붕이 망가지면 원래와 똑같은 널빤지를 구해 수리했다. 동물들에게서 명백하게 나타나는, 그런 확연한 불변성이다. "색채는 집에 머문다."

언젠가 한번 나는 바로 그렇게 색채의 집에 머물러 있었다. 덤불, 나무, 하늘의 구름, 도로의 아스팔트조차 그날의 빛이나 계절의 분위기 그 어느 것과도 연관되지 않은 독특한 광채를 머금었다. 자연의 세계와 인간의 작품, 그것들은 서로 상호보완하며 꿈과 현실의 경계에서

나 목격하던(하지만 그처럼 극단이나 최후를 예고하는 위협은 없이), 즉 *고정된 영원*Nunc stans이라고 부르는 영원한 찰나, 황홀의 순간을 내게 선사했다. 노란색 금잔화 덤불이 있었고 갈색 소나무들이 드문드문 있었다. 땅에서 피어오른 안개로 구름은 푸르스름하게 보였으며, (슈티프터의 글에서처럼 너무도 고요하게 자리잡은) 하늘은 새파란 빛이었다. 엑상프로방스에서 동쪽 르톨로네 마을에 이르는 '폴 세잔의 길Route Paul Cézanne'을 걷던 나는 언덕 위에서 그대로 멈추어 서버렸다.

색을 구별하는 것, 아니 더 정확히는 색 하나하나를 명명하는 것이 나는 항상 어렵게 느껴졌다.

자신의 지식을 살짝 과시하는 듯한 괴테의 작품 『색채론』에는 두 인물이 나오는데, 그들은 나와 어떤 면에서 공통점이 있다. 예를 들자면 둘 다 "장미색과 파란색, 그리고 보라색을 완전히" 혼동한다. 그 색채들은 저마다 밝고, 어둡고, 생생하고, 흐릿한 성격이 아주 약간씩만 달라져도 색조나 명암의 미세한 변화로 금세 다른 색으로 보이기 때문이다. 한 사람은 검은색에서 갈색의 흔적을 보기도 하고 회색에서 붉은 기운을 느끼기도 한다. 일단 두 사람 모두 명암의 미묘한 단계를 매우 섬세하게 감지한다. 아마도 그들은 병을 앓고 있는 것일 테지만, 괴테는 그 둘을 모두 특별한 경우로 간주한다. 우연히 그들과 대화를 하던 사람이 무심코 눈앞에 있던 사물에 대해서 물었다가는 당장 엄청난 혼란에 빠질 뿐 아니라, 혹시 자신이 미친 게 아닐까 겁이 날 수도 있을 정도지만.

과학자의 이러한 논평을 읽다보면, 나는 단순히 그들에게서 나 자신과의 공통점을 발견하는 차원을 넘어서내 가장 오래된 과거와 현재가 하나로 관통되는 느낌을받는다. 매번 '고정된 영원'의 순간이 올 때마다, 내 과거의 사람들이—부모님, 형제자매, 그리고 조부모님까지도—지금 현재의 사람들 모습과 겹쳐 보이는 것이다.내가 주변 사물의 색채를 언급할 때마다 다들 똑같이 재미있어 하는 사람들. 내게 색깔을 알아맞히게 하는 일이마치 가족 내 놀이가 되어버린 듯하다. 하지만 이 경우혼란에 빠지는 것은 그들이 아니라 나 자신이다.

괴테 작품 속 두 사람과의 차이라면, 나는 유전병의영향 때문은 아니다. 친척 중에서 이런 증세를 보이는사람은 내가 유일하다. 그래도 점차 시간이 가면서 나는내 증세가 흔히들 색맹이라고 부르는 것과는 다르며, 그와 유사한 어떤 독특한 장애도 아님을 알게 되었다. 종종 내가 보는 색채는 아무 문제 없이 정상적이기 때문이다.

　최근에 나는 운터스베르크[1]의 눈 덮인 정상에 서 있었다. 내 머리 바로 위, 거의 손이 닿을 만큼 가까이에서 까마귀 한 마리가 바람 속을 활공하고 있었다. 까마귀의 몸통으로 당겨진 발톱의 노란색은, 새의 이상적인 이미지가 바로 이것이라고 말하는 것만 같았다. 햇살을 받아 빛으로 일렁이는 날개는 금색이 섞인 갈색이었다. 그리고 하늘의 푸른색. 그 세 가지는 허공의 드넓은 면에 널찍한 색채의 띠를 만들며 흘러갔고, 그래서 순간 나는 허공에 휘날리는 세 가지 색의 깃발을 본 듯했다. 그것은 주장이 없는 깃발, 오직 색채만의 사물이었다. 하지만 그 색채 덕분에 비로소 대개는 시각을 가리는 것에 불과하던 천 깃발이 최소한 눈여겨볼 만한 대상으로 변했다. 왜냐하면 깃발들의 평화로운 동기가 내 상상 속에서 살아나기 때문이다.

　20년 전 나는 징병검사를 받았다. 평소에 색을 잘 식별하지 못하는 청년이었던 내가 그날은 색채검사표의 자잘한 점들 뒤에 숨어 있는 숫자를 꽤 정확하게 맞혔

1　Untersberg. 독일 바이에른 지방과 오스트리아 잘츠부르크 사이에 걸쳐 있는 산.

다. 집에 돌아와 검사 결과를 전하자('군복무 가능') 계부가 입을 열어—우리는 언제부턴가 전혀 대화를 나누지 않는 사이였다—처음으로 내가 자랑스럽다고 말했다.

이것을 글로 기록하는 이유는, 이 이야기를 말로 하면 늘 불완전한데다가 잘못된 의미로 굳어버리곤 했기 때문이다. 나는 계부에 대해서 말할 때 항상 그를 '약간 취해 있는' 사람이라고 불렀다. 하지만 그건 세부사항 자체만으로는 맞지만 이야기 전체로 보면 왜곡이 된다. 그날 내가 귀가하면서 집과 정원을 바라볼 때 평소와는 다른 특별한 감정이 들었다고 하는 편이 사실에 더 부합하지 않을까? 계부의 말을 듣자 나는 즉시 기분이 상했다. 하지만 그 말이 그가 그때 파헤쳐놓은 정원 흙의 싱싱한 적갈색과 연관되어 기억나는 이유는 무엇일까? 나역시 징병검사 결과에 약간은 자랑스러워하며 집으로 돌아온 것이 아니던가?

어쨌든 흙의 색깔은 그 일에 긴 여운으로 남았다. 지금 그 시간을 되돌려보면, 거기 서 있는 나는 더이상 젊은이가 아니다. 그것은 시간 개념을 초월하고 구체적인 윤곽도 없는, 오직 흙의 적갈색만을 가득 품은 내 소망의 자아이며, 그럼으로써 나는 나 자신과 그리고 심지어는 전직 군인인 한 사내까지도 이해할 수 있는 마음의 시각을 얼는다. (슈티프터는 최초의 기억 중에 자신 내부의 검은 장소들이 있었다고 했다. 나중에 그는 그것이 "외부의 숲이었음"을 알게 되었다. 이제 그의 글은 언제나 나를 숲속의 영롱한 색채 앞으로 안내한다.)

1870~71년 프로이센프랑스전쟁 중에 폴 세잔Paul Cézanne은 부유한 은행가인 아버지의 재력 덕분에 참전의 무를 피할 수 있었다. 전쟁 중 그는 레스타크에서 머물며 그림을 그렸다. 현재 레스타크는 산업화된 대도시 근교지만 당시만 해도 마르세유 서쪽 만에 위치한 어촌마을이었다.

나는 그 마을을 세잔의 그림에서 본 게 전부다. 하지만 레스타크는 그 이름 자체만으로 내게 평화의 장소를 상징한다. 그 지역은, 현재의 모습이 어떻든 상관없이, 여전히 '은신의 장소'로 남아 있다. 단순히 1870년의 전쟁뿐 아니고, 당시 그곳에 머물렀던 화가에게만도 아니다. 또한 단지 선포된 전쟁으로부터의 은신만을 의미하는 것도 아니다.

세잔은 그후에도 한동안 그곳에 자주 찾아가 작업을 했다. 강렬한 열기와 "끔찍하리만큼 뜨거운 태양빛" 속에서 "모든 물체가 마치 자기 자신의 그림자처럼, 검은

색과 흰색뿐만 아니라 파란색, 빨간색, 갈색과 보라색으로 두드러져 보이는 것"을 선호했기 때문이다. 은신의 시기에 그린 그림은 대부분 흑백으로 겨울 분위기가 주를 이루었다. 그러나 그후, 푸른 바다를 배경으로 새빨간 지붕들이 펼쳐진 그 마을은 점차 그의 '카드놀이'[2]가 되었다.

또한 레스타크에서 쓴 편지에서 세잔은 처음으로 자기 이름에 'pictor'라는 단어를 추가했다. 과거 고전 화가들이 하던 방식이다. 그 마을은 "전망이 아주 뛰어난 몇군데 장소가 있으므로 어떻게든 최대한 나중에 떠나야 할 곳"이었다. 전후의 그림에는 더이상 특별한 분위기라는 것이 없으며 하루나 계절의 어떤 한때를 특정할 시간이 보이지도 않았다. 잔잔한 푸른 바닷가에 자리한 마을의 모습이, 힘이 넘치는 형체로 나타날 뿐이다.

세기 전환기 무렵 레스타크 마을 주변에 정유공장이 들어서자, 세잔은 그곳을 그리기를 그만두었다. 이제 몇백 년 안에 삶은 완전히 무의미해질 것이다. 이제 이 지역의 현란한 색채의 유희는 오직 지질도에서나 손

---

2 세잔은 카드게임 하는 남자들을 모티프로 연작을 그렸다.

상되지 않은 모습인데, 심지어 회녹색의 조그만 면적은, 아마 앞으로도 계속해서, '레스타크의 석회암Calcaire de L'Estaque'이라는 명칭을 갖는다.

그렇다. 내가 엑상프로방스와 르톨로네 마을 사이, 색채로 가득한 이 장소에 있게 된 것은 순전히 화가 폴 세잔 때문이다. 심지어 아스팔트로 포장된 길조차도 내 눈에는 색소를 간직한 것처럼 보일 지경이었다.

　내가 자란 곳은 작은 농촌 마을이었다. 그곳에서 볼 수 있는 미술이란 교구 교회의 성화나 길가에 세워진 성인聖人상들이 거의 전부였다. 그런 탓에 나는 아예 처음부터 그림을 단순히 어딘가에 부속된 첨가물로 보는 데 익숙했고 오랫동안 그 이상의 것이 있으리라는 기대는 조금도 갖지 않았다. 심지어 가끔은 실내장식을 종교적 혹은 국가적 차원에서 그림을 금지하는 것과 동격으로 생각하기조차 했으며, 마음은 다른 곳에 둔 채 그냥 쳐다볼 줄이나 아는 나 같은 사람에게는 그게 차라리 낫겠다고 여길 정도였다. 그에 반해서, 내가 가진 영원에의 갈망에 호소하고 그것을 전승하고 강화함으로써 무한대로 확장되는 장식문양이야말로 더 참된 대칭물이 아니었을까? (한번은 고대 로마시대의 모자이크 바닥을 바라보고 있자니 죽는다는 것이 흔히 생각하는 협소한 의미의 '죽음'이 아니라 아름다운 과도적 단계로 느껴지는 환상에 사로잡히기도 했다.) 그것이야말로 완벽하게, 색채도 형체도 없이 눈부시게 놀라운 생명으로 피어나는 정녕 최초의 텅 빔은 아닐까? (또다른 '외딴 마을'의 어느 목사가 한 말—평신도는 그런 선언을 입에 올려서는 안 되므로—은 이 상황에 적절하게 어울리며 마지막 단어 '하늘' 앞에 생략된 관사 때문에 잊히지 않는다. "영혼과 신 사이에 오가는 무한한 사랑의 파동, 그것이 바로 하늘이다.")

그렇듯 나는 화가들에게 마땅히 해야 할 감사조차 저버리고 있었다. 부속물이라고 오해하기는 했지만 간혹가다 최소한 시력검사판 역할이라도 해주었고, 되풀이되는 생명과 환상의 이미지를 불러일으킨 적도 적지 않았기 때문이다. 그런데 색상과 모양 자체는 거의 눈에 들어오지 않았다. 중요한 것은 항상 그림으로 그려진 특별한 대상 자체였다. 대상이 없는 색채와 형태는 너무 무의미했고, 익숙한 일상의 자리에 있는 대상은 너무 흔했다. 여기서 '특별한 대상'은 딱 맞는 말은 아니다. 원래는 평범한 물체인데, 이를 화가가 특별한 모습으로 만들었고, 그래서 내가 이것을 비로소 '마술적'이라고 부를 수 있기 때문이다.

지금 내게 떠오르는 예는 모두 풍경화들이다. 사람의 흔적이 없는 아름다운 침묵의 공간, 위협이 도사리는 가수면 상태와도 같은 풍경. 특이하게도 그런 그림들은 모두 연작으로 그려졌다. 그중에는 화가의 어떤 시기 전체가 구현된 작품도 많다. 조르조 데 키리코Giorgio de Chirico의 텅 빈 「형이상학적 광장들」, 각 그림이 모두 똑같이 '도시의 전경'이라 불리는 막스 에른스트Max Ernst의 달빛 아래 황량한 정글도시 연작, 밤이 내려앉은 어둠 속 낙엽수 아래 서 있는 집 위로 흰색과 푸른색이 섞인 한낮의 환한 하늘이 펼쳐진 르네 마그리트René Magritte의 「빛의 제국」. 그리고 마지막으로, 미국 화가 에드워드 호퍼Edward Hopper가 그린, 「거리와 집」 혹은 「거리와 나무」라는 이름이 붙은 매사추세츠주 케이프코드의 소나무 숲속 목조주택들.

호퍼의 풍경은 그러나 꿈의 위협보다는 현실의 쓸쓸함이 더 강하다. 그런 풍경은 그 자리에서, 이성적인 한낮의 빛 속에서도 흔하게 발견된다. 몇 년 전 나는 오랫동안 매혹을 느끼던 케이프코드를 찾았고 그곳에서 호퍼의 그림을 그대로 따라갔다. 바다로 뻗은 좁고 길쭉한 땅 어디서나, 나는 최초로 예술가의 세계에 발을 들여놓은 느낌에 사로잡혔다. 지금도 나는 그곳 모래 언덕길의 커브, 불룩 솟거나 아래로 꺼진 자리를 하나하나 그대로 재현해낼 수 있을 듯하다. 세부적인 모습들은 종종 호퍼가 그린 것과 완전히 다르기도 한데, 마치 하나의 캔버스에 그려진 그림인 듯 기억의 왼쪽과 오른쪽에 자리잡고 있다. 그렇게 남아 있는 어떤 기억의 이미지 속에는, 부들 한 포기가 연못의 두꺼운 얼음에 갇힌 채, 곁에 있는 양철 깡통과 쌍을 이루어 나타나기도 한다. 나는 그곳에서 충분하다고 느꼈으며, 곧 그곳을 떠났다. 바깥에서, 뉴잉글랜드의 풍경을 화폭에 담는 화가의 역할을 실행하기에 여행 가이드만큼 철저한 준비를 마쳤음을 자각하면서. 밤에는 쓸쓸하기는커녕 도리어 꿈의 집으로 보이는 목조 주택의 불빛이 소나무들 사이에서 깜빡이는 것을 보았고, 거기서 이제 내가 쓰게 될 작품 속 주인공의 집을 발견했다.

최초의 철학자 한 사람이 시인은 거짓말을 한다고 썼다. 그러므로 아주 오래전부터, 현실이란 곧 나쁜 상태와 좋지 않은 사건이라는 믿음이 있었던 것이 분명하다. 그리고 예술은 주인공이나 주요 주제가 악일 경우에만, 혹은 세상의 악에 대해 어느 정도 우스꽝스럽게 절망하고 있을 때만 현실에 충실하다는 평가를 받는다. 그런데 왜 나는 이제 더이상 그런 종류를 참고 들을 수 없는 걸까? 볼 수도 없고 읽을 수도 없는 걸까? 왜 나는 나를 비난하는 말을 단 한 줄만 써도, 나 자신이나 타인을 단죄하거나 조롱하는 말을 단 한 줄만 써도—이런 일이 정말로 일어난다면 그건 그야말로 성스러운 분노여야 할 것이다!—당장 말 그대로 눈앞이 캄캄해지는 걸까? 그리고 또 한편으로는, 탄생의 행복이나 더 나은 내세의 위안에 대해 쓸 일도 영영 없을 것이다. 죽음의 불가피성은 변함없이 나를 이끌고 나가는 주된 정조이겠지만, 그것 자체가 내 주제가 될 일은 영영 없기를 바란다.

초기의 세잔은 성 안토니우스의 유혹과 같은 공포스러운 광경을 그렸다. 그러나 시간이 지나면서 그의 유일한 과제가 된 것은 사과, 바위, 인간의 얼굴 등과 같은 순수하고 무결한 지상의 사물을 현실화하는 ('réalisation') 일이었다. 그 경우 현실이란 이루어진 형체였다. 그것은 역사의 희로애락 속에서 소멸해가지만 불평하는 대신 평온하게 존재의 자리를 넘겨준다. 예술에서는 오직 그것만이 중요하다. 그러나 삶에 감정을 부여하는 것들은, 자리를 넘겨줄 때 문제가 된다.

우리, 나와 여자가, 당시, 아직 마법의 그림이 펼쳐지던 시간, 프랑스 남부의 또다른 풍경을 지나갔을 때 내게 무엇이 시작되었던 걸까?

그 여행은 여자의 집이 있던 미개발 구릉 지역으로 갔던 전날 저녁의 산책에서부터 시작된다. 일 년의 마지막날 즈음이었으며, 중앙부 산맥을 타고 내려오는 차가운 미스트랄도 그날만은 온화했다. 바람의 세기는 강했지만 일정했고, 눈도 뜨지 못하게 사납게 휘몰아치는 기색은 없었다. 얼마 지나지 않아 길은 끊어져버렸지만 여자와 집이 가까워진다는 느낌은 여전했다. 여자는 내게 최초로 호퍼의 그림을 보여준 사람이고, 눈에 띄지 않는 사물을 사랑하는 능력이 있었다. 그리고 여자는 "내가 누구인지"를 알았다. 나는 풀이 드문드문 자란 빈터에 앉았다. 풀들은 단 한 번 불어온 바람에도 전신을 떨며 바닥에 몸을 뉘었다. 구부러진 나무의 우듬지들은 거의 움직임이 없었다. 공기는 깨끗했으며, 아직도 환한 서쪽 지평선에는 구름 줄기들이 끊임없이 형성되어 하늘로 솟구쳤다가 사라지기를 반복했다. 그리고 뒤를 이어, "보여진 것의 사색 속에서"(세잔은 자신의 작업 방식을 이렇게 설명한 적이 있다), 달이 떠오른다. 이와 비슷한 어느 고요한 저녁, 노랗게 반짝이는 헛간의 아치형 문이라고 생각하며 바라보았던, 지평선 바로 위로 떠오른 두 번째 달과 겹쳐지면서. 나는 어떤 특정한 가문비나무의 거센 술렁거림을 듣던 과거의 한 아이처럼, (그리고 시간이 흐른 후 도심의 소음 한가운데서 문득 그곳의 강물 소리를 듣고 멈추어 서 있었던 것처럼) 바람 속에 앉아 있었다.

다음날 우리는 차를 타고 떠났고, 그렇게 해안을 향해 내려가는 우리의 여행이 시작되었다. 미스트랄은 잦아들었다. 온화하고 시야가 활짝 트인 겨울날이었다. 돌이 많은 풍경 속에서 듬성듬성 지중해소나무가 자라고 있었다. 1974라는 연도와 함께 마치 후렴구처럼 내 기억 속에서 자꾸만 되풀이되어 들려오는 우산소나무Pins parasol라는 이름을 나는 여자로부터 들었다. 살짝 내리막으로 경사진 길은 소나무 사이로 나 있었다. 거기서 ('갑자기'가 아니라) 길과 나무와 함께, 세계는 열렸다. '거기서'는 또다른 곳이 되기도 했다. 세계는 단단하게 받쳐주는 지면이었다. 시간은 영원히 그리고 나날이 멈추어 있다. 열린 것은, 언제나 다시, 나일 수도 있다. 나는 폐쇄의 중단을 원할 수 있다. 나는 늘 바깥세상에서 (색채와 형체 속에) 흔들림 없이 고요히 있어야 한다. 나 자신을 폐쇄해버릴 위험에 처해서 일생 동안 선명하게 깨어 있는 정신을 추구하지 않는다면, 그 책임은 나에게 있다.

5년 전에 내가 쓴 글에서는, 원래는 평평한 풍경이 한 번은 둥그렇게 구부러지며 주인공에게 닿을 듯이 가까이 다가오는 바람에, 풍경이 그를 밀어내는 것처럼 보일 정도였다. 그러나 이제 완전히 다른, 우묵하게 확장되었고 억압을 덜어주는, 육신을 구속하지 않는 1974년의 세계는 계속해서 전달해야 할 발견으로 내 앞에 남아 있다. 우산소나무와 내 존재의 기쁨, 그것이 중요한 현실이다. 어쨌든 그사이 낯선 집 복도의 천장이 나를 향해 휘어져오는 경우에, *우산소나무*는 종종 유용했다. 그 이전 세계의 인간이 자꾸만 정신을 팔고 당황하는 경우가 빈번하게 일어나기는 하겠지만(그러는 데에는 자신의 잘못이 있다).

내게 최초의 무엇이 시작되었던 것은 정말로 그때일까? 그보다 훨씬 이전에, 남쪽 지방의 다른 나무 앞에서 합당한 기쁨을 생각했던 건 아닐까? 1971년 여름 유고슬라비아의 검은 사이프러스나무 앞에서, 그때 내 안에서 뭔가가 매일매일 더 많이 무너져내렸고, 그리하여 마침내 누군가가 처음으로 팔을 활짝 벌린 것은 아니었을까? (여기에는 우리가 자주 가서 앉던 뽕나무 그늘도 한몫을 한다. 나무 발치의 밝은색 모래흙은 떨어진 뽕나무 열매의 즙으로 붉게 얼룩져 있었다.) 그 시절 변신이 일어났다. 그 시절의 나는 크게 성장했다. 그러면서 동시에 무릎을 꿇거나 고개를 숙이고 엎드리기를, 그렇게 함으로써 모든 이에게 완전한 무명이기를 간절히 원했다.

변신은 자연스러웠다. 그것은 철학자의 말에 따르면 "타인의 욕망을 욕망"하는 데서 나오는 화해의 열망이었다. 그리고 그것은 내게 현실적–합리적으로 보였으며, 그때 이후로 내 글쓰기에도 적용되었다.

그러면서도 동시에, 그때가 좋은 시절은 아니었다(어머니는 죽음의 공포에 사로잡혀 내게 도움을 요청했는데 나는 뭐라고 답해야 할지를 몰랐다). 사이프러스나무를 볼 때마다 고대인들의 마법에 등장하는 죽음의 나무가 눈앞에 떠올랐다. "사물 안으로 꿈꾸기"는 오랫동안 글쓰기의 원칙이었다. 눈앞의 당연한 사물을 마치 꿈에서 보는 것처럼 상상해내기, 거기서 비로소 사물의 본질이 나타난다고 확신하면서. 그러면 사물은 글 쓰는 자 주변으로 작은 숲을 형성했다. 작가는 극히 절박한 경우에만 그 숲에서 빠져나와 삶으로 귀환할 수 있었다. 작가는 사물의 본질을 자주 목격했지만 그것을 전달하기는 쉽지 않았다. 그럼에도 불구하고 어떻게든 그것을 포착하려고 하면 할수록, 그 스스로가 점점 더 불확실해졌다. 아니, 사이프러스를 포함한 마법의 그림들은 나에게 맞지 않다. 그것의 내부는 평화와는 거리가 먼 무無로 채

워져 있었고, 나는 자발적으로는 결코 그 안으로 돌아가고 싶지는 않았다. 오직 외부에, 한낮의 색채 속에, 나는 있다.

국가는 "그것이 가진 규범의 총합"이라고 불렸다. 반면에 나는 다른 종류의 법질서, 철학자가 말했듯이, '진정한 이데아'가 '대상과 일치'하고 각각의 형체가 실례로서 강력함을 지니는 형체의 제국에 복무할 의무가 있음을 안다 (비록 더 현대적인 국가에서는 예술가조차도 "반쯤 그림자와 같은 존재이며 지금, 현재는, 거의 완전히 실체 없는 것이나 마찬가지"라 할지라도).

그러나 이 제국에 개인적으로 참여할 자격은 어떻게 얻는 것일까? 작품을 쓸 때마다 매번 이 질문에 시달리고 있으며, 오직 우호적으로 침묵하는 독자가 되자는 생각이 머리에서 떠나지 않는다. 그러나 한번은, 글을 단 한 줄도 쓰기 전에, 내가 그럴 만한 정당성이 있다고 느낀 적이 있다. 나는 핵심을 깨달았으며, 그로 인해 열망하던 '책'과 책들까지도 간파할 수 있었다. 그 일이 일어난 건 꿈속이 아니라, 햇빛이 환한 한낮이었다. 또한 남부 지방의 사이프러스나무 앞을 스쳐지나가는 것이 아니라, 나는 여기에 있고, 내 대상은 거기에 있었다. 늦은 여름 어느 일요일, 우리는 오스트리아 오버외스터라이히 지역의 거의 직선으로 뻗은 살짝 구릉진 시골길을 자동차로 달려갔다. 거리는 비어 있었다. 단 한 번, 흰 셔츠와 검은 양복을 입은 남자가 반대편 방향으로 걸어갔을 뿐이다. 넓은 바짓단은 그가 걸음을 옮길 때마다 다리에 감기며 펄럭였다. 우리가 나중에 다시 돌아왔을 때도 남자는 여전히 길을 걸어가는 중이었다. 발목에서 펄럭거리는 바지와 단추를 푼 양복 윗도리 차림으로 오버외스터라이히의 일요일, 내 기쁨의 장면. 내 첫 책의 화자는 그 남자처럼 어딘가로 가고 있는 한 사람을 보자, 그가 사람들에게로 가서 뭔가를 말할 거라는 느낌을 받는다. 그는 사람들 사이에서 천둥처럼 사나운 맹위를 떨치며 그들을 설득할 것이다. 그렇게 본다면 1974년의 *우산소나무*는 뭔가를 새로 시작하게 만든 게 아니라, 도리어 어떤 회귀를 불러일으킨 건 아닐까? 내가 '현실'로서 반갑게 맞이할 수 있었던, 그 무엇의 회귀를?

세잔의 그림 중에는 사람들이 「큰 소나무」라고 부르는 작품이 있다(그는 자신의 그림에 특별한 이름을 붙인 적이 한 번도 없고, 서명조차 거의 남기지 않았다). 그것은 엑상프로방스의 남동쪽 아크강변에 우뚝 솟아난 커다란 소나무 그림인데, 그 나무에는 세잔의 어린 시절이 녹아 있기도 하다. 강에서 수영을 한 후 그는 친구들과 함께 이 나무 그늘에 앉아 쉬었고, 나중에, 갓 스무 살이 되었을 무렵, 그런 친구들 중 하나였던 에밀 졸라에게 보낸 편지에서 물었다. "아크강변의 그 소나무를 기억하니?" 심지어 그는 나무 위에서, 앙상한 가지 사이로 불어오는 미스트랄에 관한 시를 쓰기도 했다. 이 그림에서도 그 바람이 그대로 느껴진다. 특히 "바깥 벌판에서"라고밖에는 달리 표현할 수 없는, 홀로 솟아 있는 나무의 구부정한 자태에서. 나무는 자신이 뿌리박고 자라난 땅을 고원의 평지처럼 변신시켰고, 사방으로 비틀리며 자라난 가지와 의상처럼 펼쳐진, 수없이 다양한 농담濃淡의 초록 바늘잎새들은 주변을 둘러싼 텅 빈 공간을 저절로 진동하게 만든다.

큰 소나무는 다른 작품에서도 등장하지만 이처럼 단독 주인공으로 그려진 그림은 없다. 어떤 그림에서는(서명이 들어간 작품) 소나무 아래 가지가 말 그대로 풍경 안으로 팔을 뻗은 모양이며 옆의 다른 소나무 가지와 함께 아치문 모양을 만든다. 그 뒤로 멀리 펼쳐지는 풍경은 환한 하늘을 배경으로 거대한 몸을 뻗고 있는 생트빅투아르산이다.

세잔을 만나기 전 (그리고 에드워드 호퍼를 알게 된 이후),
공허하기만 한 관념에서 나를 끄집어내 직접 그림 앞으
로 데려가 그림을 실물의 예로 관찰하고 작품으로 숭배
하게 만든 또다른 화가가 있었다.

당시 나는 슈바벤 지방의 농부이자 시인이 쓴, 19세
기 독일의 어느 마을에 대한 묘사를 읽고 있었다. 그는
인간의 모든 편협한 시선으로부터 자유로워지고자 했
고, 자신의 시를 독자들에 의해서 쓰이는 자연의 복음이
라고 불렀다. (그의 독자인 나 역시, 가물거리는 아지랑이
속에서 오직 흐릿한 광채만으로 하늘과 구별되는 눈 덮인 어
느 먼 들판을 바라보면서, 그의 선언이 온몸으로 와닿는 걸
느낀다. "당신은 전부입니다, 먼 곳의 광채를 비추는 광채인
당신, 하늘도 별도 당신에게 속합니다.") 하지만 산문을 쓸
때, 그는 인간을, 자기 마을 사람들을 편협하게 바라보
았으며 스스로도 그 사실을 알았다. 그는 "들일에 지친
육신은 보고 들을 수 없다"는 것을 안타깝게 여기곤 했
다. (이 크리스티안 바그너의 삶에서 나온 정신이 시를 이야
기하지만, 철학자가 말한 것처럼 "그의 사물적 대상인 몸"과
의 합일이 이루어진 다음에야 정신은 항구적이 될 수 있다.
그의 삶은 '비극적'이라는 칭호를 얻지만, 그것은 허망한 어
휘에 불과한 경우가 대부분이다.)

같은 시기에 나는 귀스타브 쿠르베Gustave Courbet의 그림을 처음으로 보았는데, 그중 다수는 19세기 중엽 시골의 삶을 소재로 삼고 있다. 나는 이 그림들의 탁월한 침묵에, 그중에서도 특히 「시장에서 돌아오는 플라지의 농부들」에 묘사된 침묵의 분위기에 매료되었다. 또한 그때 나는 알고 있었다. 이런 것이야말로, 나에게만이 아닌, 진짜 그림이라고.

　　쿠르베는, 제목에 구체적인 지명을 명시한 데서 이미 알 수 있지만, 매일의 일상이라는 장르를 사실에 기반한 역사의 사건이라고 보았다. 그래서 그의 인물은 곡식을 고르거나 무덤가에 서 있거나 죽은 여자에게 상복을 입히거나 혹은 황혼 무렵 시장에서 집으로 돌아가는 길에 있거나 하며(또는 그냥 앉아서 쉬거나 잠을 자거나 꿈을 꾸고 있기도 한다), 참여의 상상 속에서 자신들만의 행렬을 이루며 이어진다. 나이든 여인이 등장하는 '나의' 장르도 그 행렬의 일원이다. 한참 시간이 흐른 햇빛 따뜻한 어느 날, 장바구니를 들고 느린 걸음으로 서베를린의 뒷길을 걸어가던 한 나이든 여인을 보았고, 장르를 심화시키는 침묵이 흐르는 동안, 그녀는 길가에 늘어선 집들의 파사드를 행복하게 오래 지속되는 우리 공동 평화의 행진으로 변화시켰다.

화가 쿠르베는 1871년 코뮌 기간 동안 방돔광장의 전승탑을 끌어내리는 데 특히 공헌한 사람이었다. 평화의 거리로 이어지는 광장에 하필이면 "전쟁과 정복의 기념비가 있어서는 안 되기" 때문이다. 그 일로 쿠르베는 몇 달 동안 구금되어 있었으며, 이후 1870년대에 (그의 생애 최후의 시간) 그린 그림들은 상당수가 녹색이 사납게 넘실대는 바다와 그에 상응하는 하늘이 있을 뿐, 그 앞의 해안은 거의 보이지 않는다. 이 시리즈 중 하나가 「거대한 파도」다. 이 그림이 담고 있는 것은 물과 대기가 거의 전부다. 그러나 암석의 색채와 더불어 드라마틱하게 서로 뒤덮으며 중첩되는 형상들로 인해 그림은 견고한 인상을 준다.

세잔에게 쿠르베는 "대가의 웅대한 몸짓과 장중한 화풍"을 지닌 화가였다. 그는 「거대한 파도」를 세기의 발견 중 하나라고 칭했다. 루브르박물관에서 쿠르베의 그림 앞에 선 세잔은 "여기 사냥개들, 피 구덩이, 나무. 여기, 장갑, 레이스, 치맛자락의 구겨진 비단 천"이라며 그림 속 사물의 이름을 끝없이 되뇌었다.

기억하는 한, 나는 항상 스승이 필요하다고 느꼈다. 때로는 단 한 마디 말에 사로잡힌 채, 배우고자 하는 간절

한 열망으로 다른 누군가에게 매혹되곤 했다. 그동안 내게 뭔가를 전달해주는 임무를 맡았던 직업 교사들에게 나는 지금 감사의 마음을 갖고 있다. 그러나 그들 중 '나의 스승'이라고 부를 만한 사람은 없다. 오직 단 한 사람, 그가 대학의 법학 강의에서 사물의 당위적 본성을 수수께끼처럼 간단한 수학적 문장으로 풀어 보였을 때, 나는 그때까지 전혀 경험하지 못했던 새로운 지적 욕구로 활활 불타올랐고, 그의 '학생'이 되고자 하는 뜨거운 욕망에 몸부림쳤다(그것은 정말로 욕망이었다). 하지만 그는 외부 강사였고 약 한 주간의 짧은 강의가 끝나자 다시는 보이지 않았다. 내가 진지하게 탐독했던 작가들은 스승이라기보다는 형제와도 같이 귀했고 때로는 지나치게 가까운 존재들이었다. 지금에 와서야 내가 뒤늦게나마 일종의 스승으로 여기는 인물은 할아버지다(많은 이들에게 '그런 할아버지'가 계실 것이다). 할아버지는 나를 데리고 어딘가로 갈 때마다 내게 스승이 되어주었다(요즘 숲에 흔히 만들어놓는 '가르침의 오솔길' 같은 길을 걷지는 않았지만).

나는 항상 무지를 궁핍으로 느낀다. 거기에서부터 특별한 목적이 없는 지적 충동이 일었다. 그것은 호응할 '대상'이 없기 때문에 관념으로 발전하지는 않는다. ─

하지만 뭔가 이해할 만한 계기가 하나 주어지면, 그것으로부터 '정신의 단초'가 싹튼다. 그러지 않는다면 늘 막연한 갈망 차원에서 그치고 말았던 탐구가 그런 계기를 만남으로써 진지한 결과를 낼 수도 있다.

내게 그런 단초를 불러일으킨 경험 중 하나가 1978년 초 전시회에서 본 세잔의 그림이었다. 나는 즉시 예전에 플로베르의 문장배열을 대했을 때만 유일하게 느꼈던, 그런 강렬한 탐구욕에 휩싸이고 말았다. 그것은 세잔의 마지막 10여 년간의 작업으로, 그가 추구해오던 대상사물의 '현실화'를 상당히 이루어서, 마침내 색채와 형체가 대상을 환대하는 단계에 이른 때였다. ("나는 현실과 완전함이 하나이며 동일하다는 것을 이해한다"라고 철학자는 썼다.) 그러나 그림에 추가로 더해진 빛은 없어 보인다. 환대받는 그림 속 대상들은 자신의 고유한 색채 그대로이며, 심지어 밝은 풍경조차도 어둡게 처리되는 일관성이 있다. 19세기 후반 프로방스 지방의 이름 없는 시골 농민들이 초상화의 주인공으로 전면에 크게 등장하여, 왕홀이나 왕관도 없이, 자신들이 소유한 나라의 상징처럼, 땅의 색깔을 배경으로 왕좌에 앉아 있다.

어둠, 흐름, 구성, 강조, 필치, 어두워지는 눈. 그렇다, 그것은 충격이었다. 그 충격은 2년간의 '탐구'를 거친 후, 다음과 같은 하나의 문장으로 응축된다. 그림의 침묵은 너무도 완벽하다. 구성의 어두운 흐름은 내가 (시인의 어휘) "어두워지며 넘어갈 수 있는" 일반적인 필치를 강화시켰기 때문이다. 그것은 서로 떨어진 두 쌍의 눈이 도약하며 화폭 위에서 조우하는 체험이다.

당시에 나는 "그림이 떨기 시작한다"라고 썼다. "누군가를 칭찬하고 찬미할 수 있다는 이 해방감."

특히 초상화 하나가 나를 깊이 사로잡았는데, 앞으로 내가 쓰게 될 글의 주인공을 그린 그림이었기 때문이다. 제목은 「팔짱을 낀 남자」였다. 자신의 초상화 밑에 단 한번도 이름이 명시되지 않았을 사람(그렇지만 무작위로 선정된 아무개는 아니다), 바닥 모서리 정도만 겨우 보이는 거의 아무것도 없는 방 한구석에서, 남자 자신마저도 변조시키는 흙빛 어둠 속에 앉아 있는, 내게는 "이미 견고하지만, 여전히 그리움이 남은, 이상적인 나이"로 보이는 연령의 남자. (그런데 내가 남자의 자세를 그대로 재현해보니, 팔 아래로 집어넣은 손의 위치가 영 어색했고, 그래서 다시 팔짱을 풀려는 의지가 작동했다.) —위쪽을 비스듬하게 올려다보는 남자의 눈은, 뭔가 낙담한 인상을 준다. 진한 그림자가 드리운 입매는 살짝 삐뚤어졌다. "절제된 비애". 상의 아래 드러난 흰 셔츠를 제외하고 그에게 밝은 부분이라고는 짙고 검은 머리칼 아래 넓고 둥근 이마뿐이다. 고스란히 드러난 이마는 남자의 무방비 상태를 말해준다. 나는 결코 그 남자를 나와 동일시하지 않았고, 형제처럼 느끼지도 않았다. 그보다는 차라리 공모자라는 생각이 들었다. 이제 내가 그의 이야기를 완성했기에, 그는 지금 다시 만질 수 없는 「팔짱을 낀 남자」로 되돌아가 침묵의 미소를 띠고 있었다.

당시 비슷한 초상화가 너무 많아서, 나는 전시회의 다른 그림을 거의 보지도 못했다. 둥근 형태의 한 전시실에는 방 전체를 빙 둘러가며 세잔이 저마다 다른 각도에서, 하지만 항상 멀리 평지에서 바라보고 그린 생트빅투아르 산의 봉우리만 전시되어 있었다. 그는 말했다. "똑같은 사물도 다른 시각에서 보면 엄청나게 흥미롭고 그만큼의 다양성을 갖춘 연구대상으로 변하므로, 나는 지금 고개를 더 오른쪽으로, 그리고 다시 더 왼쪽으로 돌리는 행동만으로도 이 자리를 전혀 떠나지 않은 채 최소 몇 달 동안은 분주할 수 있을 것 같다."

전시회에서 나는 산 그림을 곧장 지나쳐갔다. 그러나 시간이 지남에 따라 산은 점점 더 어둡게 짙어졌고, 어느 날, 시간이 많이 흐른 후에, 나는 마침내 말할 수 있었다, 나는 목적이 생겼노라고.

색 채 의 언 덕

생트빅투아르산은 프로방스에서 가장 높은 산은 아니지만 가장 험준하다고 알려져 있다. 단일 봉우리가 아니라 길게 연결된 산맥들로 이루어진 생트빅투아르의 능선은 해발 1000미터의 거의 동일한 높이라서 전체적으로 직선에 가깝다.

산 정상이 가팔라 보이는 것은 거의 정서쪽 방향에 있는, 걸어서 반나절 정도 걸리는 엑스 분지에서 올려다볼 때뿐이다. 그곳에서 산 정상으로 보이는 것은, 다시 반나절의 거리만큼 동쪽으로 뻗어 있는 고지 능선의 시작점이다.

산마루는 북쪽 측면에서 완만하게 상승하다가 남쪽의 고원을 향해 거의 수직에 가깝게 하강하며, 드높이 솟구친 여러 개의 세로축이 거대한 석회암 습곡지형의 능선을 형성한다. 세 개의 봉우리가 모여 있는 서쪽 전경 또한 충분히 극적인데, 굴곡진 지층이 층층이 쌓인 산 전체의 단면이 그대로 드러나기 때문이다. 산에 대해 아무런 사전 지식이 없는 사람조차도 이 산이 어떻게 형성되었는지, 왜 그것이 특별한지를 저절로 깨달을 수 있을 정도다.

평지에서 하늘 높이 불쑥 솟아오른 이 암석덩어리 주변으로도, 바위 색이나 무늬의 차이로 구별되는 더 낮은 돌덩이들이 부서진 채 여기저기 흩어져 있다. 그런 바위들 역시 과거 측면에 비좁게 엉켜 있던 자리에서 습곡을 일으켰으며 그리하여 산 전체의 모양을 그대로 축소해 평원으로 가지고 왔다.

그러나 생트빅투아르산의 놀랍고도 기이한 점은 다른 무엇보다도 클라이밍 안내 책자에 적힌 대로 "가장 양질의 암석"인 석회암의 환한 색채와 백운석 성분의 광채다. 산으로 가는 도로는 없다. 완만한 북쪽 측면을 포함하여 산 전체에 차가 달릴 만한 길은 나 있지 않으며 사람의 거주지도, 편의시설도 없다(단지 산능선에 지금은 사용하지 않는, 17세기에 세워진 수도원 예배당이 하나 있을 뿐이다). 남쪽 절벽은 오직 등반가들의 길이다. 그 밖의 다른 모든 경로는 일반인들이 크게 힘들이지 않고 올라갈 수 있으며 산 위 능선을 따라 긴 등반이 가능하다. 전체 경로는 바로 산 아래에 있는 가장 가까운 마을에서 올라간다 해도 하루종일이 걸린다.

 그렇다. 7월에 내가 동쪽 폴 세잔의 길을 따라 걸었을 때, 엑스를 벗어나자마자, 불특정 다수의 사람들에게 이 길을 소개하면 어떨까 하는 생각이 머릿속을 맴돌았다 (그런데 나는 20세기가 시작되면서부터 이 길을 걸었던 수많은 이의 후예일 뿐이다).

 또한 자연 속에서 산을 본다는 생각 역시 오랫동안 단지 생각만으로 그치고 있었다. 화가가 유난한 애정으로 그렸던 대상이므로 뭔가 특별할 거라는 생각은 고정관념이 아닐까? 그렇게 머릿속을 떠돌기만 하던 생각이 어느 날 갑자기 상상 속으로 훌쩍 뛰어들었고, 마침내 결정이 내려졌다(그리고 즉시 희열이 따라왔다). 그래, 나는 생트빅투아르산을 가까이서 볼 것이다! 나는 세잔이 그린 모티프를 그대로 따르려고 너무 많이 애쓰지는 않았는데, 대부분의 경로가 현재는 막혀 있다는 걸 잘 알기 때문이다. 대신 내 느낌을 따르기로 했다. 그것은 내 마음을 끌어당긴 산이었다. 일생 동안 그처럼 나를 매혹시킨 대상은 이전까지 없었다.

 그날 아침 엑상프로방스, 하늘을 막고 지붕처럼 자라

난 미라보 거리의 플라타너스 가로수 아래는 어슴푸레
한 어둠이 드리웠다. 긴 가로수길 끝 흰색 분수가 있는
성문이 저멀리 배경에서 작은 거울처럼 눈부시게 빛났
다. 시 경계선 부근에 이르러서야 사방에 고인 부드러운
회색빛 햇살을 볼 수 있었다.

후덥지근하고 습기 찬 날이었지만 나는 바람이 살짝
부는 더위 속을 걸어서 갔다. 산은 아직 보이지 않았다.
도로는 처음에는 오르막과 내리막이 굽이굽이 이어졌지
만, 전반적으로 산을 향해 올라가고 있었다. 길은 폭이
좁은데다 인도는 이미 도시 외곽쯤에서 사라져버렸으므
로 자동차를 피하기가 쉽지 않았다. 그러나 한 시간쯤 걸
어 르톨로네 마을을 지나고서부터는 길이 꽤 한산했다.

차들이 있음에도 불구하고 나는 침묵을 느꼈다. 바로
전날 파리의 소음 한가운데서, 우리가 예전에 살았던 바
로 그 거리에서 침묵을 느꼈던 것처럼. 그때까지만 해도
나는 누군가와 함께 동행해야 하는 것은 아닌지 궁리중
이었다. 그런데 지금 나는 혼자인 것이 행복했다. 나는
'그 길'을 걸었다. 그늘진 도랑에서 '그 시냇물'을 보았
다. 나는 '그 돌다리'에 섰다. 거기 바위의 균열이 있었
다. 소나무들이 있었고, 옆길에 줄지어 선 모습이었다.
길의 끝에는 까치 한 마리가 커다란 흑백의 모습으로 나

타났다.

　나는 나무 향기를 들이마시며 생각했다. "영원히". 나는 걸음을 멈추고 메모했다. "무엇이 가능한가—바로 이 순간에! 세잔의 길에는 침묵." 짧게 여름비가 내리다가 그쳤다. 태양 아래 반짝이는 몇 개의 물방울. 젖은 것은 길뿐이었다. 아스팔트 알갱이들이 영롱하게 반짝였다.

그때 나는 막간의 시기를 보내고 있었다. 일 년 동안 정해진 거주지 없이 지냈다. '팔짱을 낀 남자'의 이야기 대부분을 나는 미국의 한 호텔방에서 썼다. 그때 매일 새벽 바라보던 작은 호수의 어둑한 회색 물빛이 글의 기본 색조가 되었다(그건 마치 내가 "땅속에서 땅을 파헤치는 느낌"이었다). 또한 쓰고 있던 글이 진행되어갈수록, 내가 떠나왔던 나라로 돌아가자는 결심이 굳어졌다. 비록 마음속에는 항상 철학자의 문장을 품고 있었지만. 타인의 뿌리를 뽑는 일은 범죄 중에서도 가장 잔악하나, 자기 자신의 뿌리를 뽑는 일은 가장 위대한 성취다.

　오스트리아에 가기까지 몇 달의 시간이 있었다. 그동안 나는 그 어디에서도 그 누구의 집에서도 살지 않았다. 기대감과 불안이 번갈아 교차되며 나를 엄습했다.

　완전히 낯선 이국의 장소에서, 특별히 행복한 시간을

보낸 것도 아닌데, 나중에 돌이켜보면 늘 여유와 평온을 얻곤 했던 경험이 있다. 내가 여기서 수도꼭지를 틀면, 내 앞에는 파리의 클리냥쿠르문의 널따란 회색 대로가 펼쳐진다. 그래서 루트비히 홀[1]이 표현한 대로, 나는 "더 커다란 반경을 그리며 집으로 돌아가고 싶다는" 욕망에 사로잡힌 채 유럽을 떠나게 되었다.

나를 앞선 수많은 이에게 그랬던 것처럼, 내 주인공, 호메로스의 오디세우스가 거기 있었다. 그와 마찬가지로, 나 역시 스스로를 "노바디nobody"라고 말함으로써, (일시적인) 안전으로 도피했다. 나는 한때 내 글의 주인공이, 파이아케스인들이 오디세우스에게 했듯이, 잠자는 동안 자신도 모르게 고향에 내려지고 처음에는 그곳을 알아보지도 못한다는 상상에 잠기곤 했다.

나는 실제로 이타카에서, 외줄기 길 하나가 어둠에 깊이 잠긴 내륙 안쪽으로 이어지는 그곳 만에서 하룻밤을 보낸 적이 있다. 한참 동안이나 울음을 그치지 않는 아이는, 어둠 속으로 들어간다. 유칼립투스잎 속에서 전구가 타오르며, 아침이 되자 이슬 맺힌 판자울타리에서 촉촉

---

1 Ludwig Hohl. 스위스 출신의 작가로 대부분 독일어로 작품을 남겼다.

한 기운이 피어오른다.

한때 세상의 중심이라고 여겨졌던 델피에는, 시인 크리스티안 바그너가 "신성한 망자들의 해방된 생각"이라고 불렀던 나비들이 경기장 풀밭에서 멀리 날아가고 있었다. 그러나 엑상프로방스와 르톨로네 사이 색채로 어우러진 인적 없는 자연 한가운데서, 생트빅투아르산을 바라보며 나는 생각했다. "세상의 중심이란, 델피와 같은 곳보다는 위대한 예술가가 작업했던 저 장소가 아닐까?"

철학자의 고원

산은 르톨로네 마을에 닿기도 전에 시야에 나타난다. 거의 단색으로 이루어진 민둥산이다. 색이라기보다는 광채로 이루어진 편에 가깝다. 간혹 구름의 윤곽을 하늘 높이 솟은 산봉우리라고 착각하는 경우가 있다. 그런데 여기에서는 반대로 광채가 나는 산이 첫눈에 하늘처럼 보인다. 까마득한 옛날 나란히 낙하하다가 어느 순간 굳어버린 암석 측면들과 지반에서 수평으로 넓게 퍼져 있는 습곡 지층도 그런 효과에 한몫을 더한다. 산은 그와 거의 같은 색채인 대기권 상층부에서 아래쪽으로 흘러내리다가, 이 자리에서 작은 천체로 응축되었다는 인상을 준다.

그 밖에도, 멀리 떨어져 있는 밋밋한 평면에서 뭔가 특이한 점이 종종 관찰된다. 이렇게 특별한 형체가 없는 배경은, 예를 들어, 산 앞의 텅 빈 공간은 새 한 마리가 파닥거리기만 해도 즉시 큰 변화가 생기는 법이다. 평면이 시야에서 사라지고, 동시에 어떤 형상이 두드러져 보인다. 바라보는 눈과 산의 평면 사이 대기는 이것을 이루는 질료가 된다. 지겨울 만큼 뻔하면서 지역성이 강하고, 통속적인 별칭으로 불리면서 별 볼 일 없다고 하찮게 여기던 장소가, 적당히 멀리 떨어져 있으면 갑자기 "나의 대상"으로 변하며 자신의 진짜 이름을 되찾는 일이 종종 있다. 이 글을 쓰고 있는 지금 여기서도 마찬가지다. 멀리 떨어져 있는 '테넨산맥[1]'의 눈처럼 빛나는 고원뿐 아니라, 갈매기 떼가 공중을 빙빙 날아다니는 풍경 때문에 강 건너의 집으로 보이는 잘차흐강변[2]의 '소풍카페'도, 그리고 언젠가 단 한 마리의 제비가 날고 있던 것을 보았던 '카푸치너베르크'[3], 까마득한 깊이를 열어 보이면서 지역 산의 새로운 개념을─항상 열려 있으며, 결코 은폐되지 않는─몸으로 드러내주던 카푸치너베르크 역시 그러하다.

　17세기에 황금시대를 맞은 네덜란드왕국은 '세속풍

1　Tennengebirge. 오스트리아 잘츠부르크 인근의 석회암 산.

2　die Salzach. 잘츠부르크와 독일 남부 바이에른을 흐르는 강.

3　Kapuzinerberg. 잘츠부르크 시내, 잘차흐강 동쪽에 있는 산.

경화'라는 회화 장르를 육성했는데, 거기에는 시선이 무한하게 빨려들어가도록 만드는 효과가 중요했다. 이 목적을 위해 왕국의 많은 화가들은 배경 중앙에 허공을 나는 새를 그려넣는 기법을 활용했다. ("그리고 단 한 마리 새도 그의 풍경을 구원해주지는 않았다"라고 보르헤스는 어느 산문에 썼다.) 하지만 다리 위를 지나가는 한 대의 버스라도, 차창 너머로 어른거리는 승객들의 실루엣으로, 머나먼 창공을 더 가까이 불러들일 수 있지 않을까? 그런가 하면 나무의 갈색은 또 어떤가, 거기서 은은하게 비쳐나오는 푸른빛이라면 하나의 형체가 탄생하기에 충분하지 않을까? 생트빅투아르산은, 창공의 새떼 없이 (혹은 그 밖의 그 무엇도 없이), 저멀리 떨어진 곳에, 그리고 동시에 바로 내 눈앞에, 서 있었다.

르톨로네 마을을 지나서야 세 개의 봉우리가 동서로 줄지어 뻗은 형상이 나타난다. 길은 아래쪽 평지에서 능선과 나란히 오르막이나 내리막도 굽이도 없이 한동안 쭉 이어진다. 그러다가 뱀처럼 구불구불한 산길을 따라 석회암 암반덩어리 위로 향하게 된다. 그것은 가파른 절벽 아래쪽에 형성된 편평한 고원으로, 산 정상의 능선을 따라 나란히 이어진다.

내가 석회암 고원으로 올라가는 산길로 접어든 것은 정오 무렵이었다. 하늘은 짙푸르렀다. 암벽이 지평선 너머까지 환한 백색의 끝없는 띠를 이루고 있었다. 마른 개울 바닥에 깔린 붉은 이회토泥灰土에는 어린아이의 발자국이 찍혀 있었다. 아무 소리도 들리지 않았다. 단지 산 주변 먼 곳 어딘가에서 매미가 찢어질 듯한 소리로 울 뿐이었다. 소나무 한 그루에서 송진 방울이 떨어졌다. 나는 새가 파먹은 흔적이 있고, 사과 냄새가 나는 신선한 녹색의 솔방울을 한입 베어 물었다. 소나무 몸통의 회색 껍질은 터지고 갈라져서 천연의 다각형무늬를 이뤘다. 비슷한 무늬를 언젠가 강변의 마른 진흙에서 우연히 발견한 후로 어디서나 눈에 띄었다. 비슷한 껍질 조각 어딘가에서 귀를 찢을 듯한 소리가 아주 가까이 터져 나왔다. 그러나 소리를 낸 매미는 껍질과 너무도 똑같은 회색이어서, 매미가 몸을 움직여 뒷걸음으로 나무줄기를 타고 내려가기 시작한 다음에야 소리의 정체를 알아차릴 수 있었다. 긴 날개는 투명했고, 검은색 덩어리가 달려 있었다. 내가 그쪽으로 나뭇조각을 던지자 두마리 매미가, 인간에게 끊임없이 방해받는 유령처럼 비명을 지르며 날아갔다. 가만히 살펴보니 산 경사면에는 절벽 틈새마다 피어난 어두운 덤불과 함께 매미 날개의 무늬가 재현되어 있었다. 산 위 고원 서쪽 가장자리에는 생앙토냉 마을이 있다. (세잔이 편지에서 썼듯이, 그도 말년에 "그곳에서 길을 잃어버렸다.") 여기에 휴게소가 하나 있어서, 활엽수 아래 야외 테이블에 앉아 쉴 수 있다('Relâche mardi', 화요일 휴무). 아카시아잎들이 광채를 어룽거리는 산 경사면을 배경으로 격자처럼 갈라진다.

17번 지방도로가 동쪽으로 깊숙이, 마치 미개척지의 내륙을 향하듯 이어지는 고원은 불모지고, 사람도 거의 살지 않는다. 타원형의 고원 전체에서 서쪽 가장자리에 있는 생앙토냉쉬르바이용이 유일한 마을이다. 그다음으로 가장 가까운 곳은 걸어서 두 시간 정도 떨어진 필루비에인데, 이미 고원을 벗어나 저지대 프로방스의 일반 고도로 내려가는 경사로에 있다. 풍경 위에 수평으로 펼쳐진 이 막강한 판상을, 나는 철학자의 고원이라고 명명한다.

처음에 나는 텅 빈 길을 조금 주저하면서 걸었다. (거기서는 엑스로 돌아가는 버스가 없었다.) 하지만 곧 그래도 필루비에까지 가보기로 결심했다. 자동차는 한 대도 보이지 않았다. 작은 소음 하나까지도 말처럼 들리는 고요. 가볍게 윙윙거리는 소리. 나는 걸었다, 계속 산을 마주보면서. 때때로 나도 모르게 멈춰 섰다. 유난히 파란 하늘을 이고 있는 우묵한 통 모양의 좁은 산등성이에서 나는 이상적인 협로를 발견했다. 바싹 마른 고산 목초지는 암벽 아래까지 뻗어내려왔는데, 떼를 지어 풀줄기에 달라붙은 달팽이 껍질 때문에 하얗게 표백된 것처럼 보였다. 그것들은 화석으로 이루어진 풍경을 만들어냈는데, 한때는 산도 일순 자신의 기원인 기념비적인 산호초를 재현함으로써 그 풍경의 일부가 되었다. 오후였고 태양은 측면에서 비추었다. 반대편에서는 가볍게 하강하는 바람이 불었다. 지난해 지하에서 쟁기로 쓴 글이 이제 꽃을 피우고 강력한 빛을 발산했다. 도로 가장자리의 풀줄기들이 장엄하게 바람에 날리며 지나쳐갔다. 나는 산의 흰빛 속을 의식적으로 천천히 걸었다. 그게 뭐였지? 아무 일도 일어나지 않았다. 그리고 아무 일도 일어날 필요가 없었다. 나는 기대로부터 자유로웠고, 모든 도취에서 멀어져 있었다. 일정한 걸음은 이미 춤이었다. 완전히 확장된 내 몸은 마치 들것에 실린 것처럼 발걸음에 의해 옮겨졌다. 걷듯이 춤을 추는 이는, 예를 들자면-나였고, "확장의 존재 형태와 이 존재 형태의 관념"을 표현했다. 철학자의 말에 따르면 "동일한 하나의 것이지만 두 가지 방식으로 표현되는"것을, 이 완벽의 순간에 동일한 방식으로 표현한 것이다. 유희의 규칙 그리고 규칙의 유희, 언젠가 오버외스터라이히에서 바지를 펄럭이며 걸어가던 남자처럼. 그렇다, 나 또한 "내가 누구인지" 알았으며 그 결과 여전히 미지로 남아 있는 당위를 느꼈다. 철학자의 작업은 윤리였다.

한 장의 사진이 있다. 굵은 산책용 지팡이를 짚고, 그림 도구를 등에 멘 세잔이 "모티프를 향해 떠난"다는 신화적인 전설을 간직한 사진이다. 그러나 고원의 기쁨에 사로잡혀 그곳을 향해 가던 내게, 출발이나 모티프는 중요하지 않았다. 다만 한 가지, 화가는 이 세계라는 제국을 그림 속에 축약해서 보여주기 위해 특별한 "새떼"가 필요하지는 않았다는 사실을 깨달았을 뿐이다. 세잔이 그린 유일한 동물, 그것도 초창기의 그림에서만 나오는 동물은 악마의 피크닉과 누드화에 웅크린 채 등장하는 들개뿐이다. 사람들은 그것을 정신적 갈망과의 대조를 위해 가져온 흉측한 낯짝이라고 해석했다.

그래도 필루비에 마을에 도착해 프로방스 마을의 플라타너스나무 아래 앉아 낯선 사람들과 어울려 맥주를 마실 생각을 하니 기분이 좋았다. 산줄기 앞으로 보이는 지붕들은 마음을 편안하게 해주었다. 햇살이 환한 거리의 이름은 미디, 정오로正午路였다. 참전용사처럼 보이는 노인이 카페테라스에서 사람들에게 노간주나무 지팡이를 자상하게 보여주고 있는데, 그 태도는 내게 명장 존 포드[4]를 떠올리게 했다. 포드의 옛날 영화에서 막 빠져나온 두 명의 젊은 여성이 배낭을 메고 등산화를 신은 차림으로, 서쪽 경로로 등산하기 위해 능선을 향해 올라가고 있었다.

---

4 John Ford. 미국의 영화감독으로 서부극의 1인자로 불린다. 「분노의 포도」 「밀고자」 등을 감독해 아카데미 감독상을 네 차례 수상했다.

늑대의 점프

필루비에는 "내" 개와의 경험이 있는 장소이기도 했다. 그 개에게서 벗어나기 전에는 한마디도 더 계속할 수 없다.

우리는 한 번도 집에서 개를 기른 적이 없었다. 그러다 언젠가 개 한 마리가 우리에게 왔고, 나는 그 개를 무척 아꼈다. 어느 해 여름 그 개가 차에 치여 죽었고, 며칠 뒤 우리는 작은 건초마차에 개를 싣고 이웃마을의 박피공에게 데려갔다. 그건 참으로 기나긴 고난의 여정이었다. 도중에 우리는 악취 때문에 몇 번이나 도망쳐야 했고, 결국은 도저히 견디지 못해 마차를 들판 한가운데에 버려두고 말았기 때문이다. (그것은 내가 어린 시절에 경험한 유일한 절망감이었다.) 나중에 도시에서는 검은색 그레이트데인과 검은색 도베르만이 흰색 푸들의 앞뒤로 동시에 덤벼들어 푸들을 두 조각으로 찢어놓는 광경을 목격하기도 했다.

하지만 대부분의 개들에 대해 도저히 극복하기 힘든 혐오감을 갖게 된 건 내가 장시간 걷기를 시작하면서부터였다. 이제 나는 조금이라도 탁 트인 전원으로 나오면 필루비에에서 마주쳤던 그런 짐승과 만날 가능성을 고려해야 한다. 고양이들은 세상을 등지고 초원에 숨어 있다. 물고기들은 어두운 시냇물 속에서 서로 흩어진다. 말벌들의 잉잉거림은 경고의 신호다. 나비는, 매번 '나의 망자'이며 잠자리는 부활절 이전의 색이다. 새들은 아침의 바다이며, 저녁이면 아래쪽 고사리 안 와글거림 속으로 되돌아온다. 뱀은 단지 뱀(또는 텅 빈 껍질)이다. 그러나 어둠 속에서 꼼짝 않고 가만히 서 있는 개, 가까이 다가가보면 울타리의 말뚝이지만, 그래도 역시 한 마리의 개다.

필루비에 외곽에는 외인부대 병영이 있다. 돌아오는 길에 나는 거주지를 빙 돌아 약간 우회하는 쪽을 택했으므로 병영 앞을 통과하게 되었다. 그곳은 나무 한 그루 덤불 한 포기 없이 전부 시멘트로 뒤덮여 있었고, 드높은 철조망이 빙 둘러싸고 있었다. 마당과 건물은 인기척이 없었다. 군인들은 막 출동한 것 같았다.

그래도 나는 누군가 총을 뽑아 들고 걷는 것처럼 금속이 철걱거리는 소리를 들었다. 그리고 뭔가 다른 둔탁한 소리도 들었는데, 멀리서 울리는 중얼거림 같기도 했다.

그것과 거의 동시에 뭔가가 으르렁대는 것이, 피부에 닿을 듯 가까이 들렸다. 소리 중에서 가장 악랄한 소리, 죽음인 동시에 전쟁의 비명 같았다. 어떤 징후도 없이 단번에 심장이 펄떡 뛰어오르며, 상상 속에서 순식간에 고양이처럼 몸이 움츠러들었다. 풍경의 색채와 형체가 종말을 맞았다. 오직 번득이는 흰 이빨뿐, 그 뒤의 푸르스름한 보라색 살덩이.

그렇다. 내 바로 앞, 울타리 뒤쪽에 커다란 개 한 마리가 있었다. 그레이트데인종이었다. 나는 즉시 그것이 내게 가진 적대감을 알아차렸다. 뿐만 아니라 다른 개들도 마당을 여기저기 돌아다니고 있었다. 발톱으로 콘크리트를 긁어가면서. 하지만 다들 나나 첫번째 개와는 멀찌감치 거리를 유지하고 있었다. 첫번째 개는 태도나 분위기로 보아 이들의 리더인 것이 분명했다.

개의 몸통은 여러 색이 다양하게 섞였지만 머리와 얼굴은 짙은 검정이었다. "악을 똑바로 응시해"하고 나는 생각했다. 개의 두개골은 넓적했으며 입술이 처져 있음에도 불구하고 짤막해 보였다. 삼각형 귀는 작은 칼처럼 실룩거렸다. 눈을 찾아보았고, 흐릿하게 번쩍이는 것을 발견했다. 으르렁거림을 잠시 멈춘 개는 헐떡이며 숨을 골랐고, 거품 섞인 침방울을 소리 없이 뚝뚝 떨구었다.

그러자 이번에는 다른 개들이 짖어댔지만, 먼저와 비교하면 그건 차라리 아무 열정도 없는 그저 형식적인 짖어댐에 불과했다. 짧은 털로 덮인 개의 몸통은 매끈하면서 노란색 줄무늬가 있었다. 엉덩이에는 종이처럼 희끄무레하게 동그란 표시가 있었고 꼬리는 바짝 잘렸다. 사악한 소음이 재개되자, 풍경은 폭탄과 유탄으로 움푹 꺼진 소용돌이 속으로 빨려들어가듯 사라지고 말았다.

개를 다시 보자 나를 증오하는 것이 느껴졌다. 하지만 본다는 것은 저주받은 그 무엇이 내부에서 들끓는 동물 자신의 고통이기도 했다. 개는 몸 어느 한구석도 가만히 두지 못했다. 단 한 번, 내가 너무 지루했던지, 개는 짖기를 멈추고 시선을 교활하게 옆으로 돌려 (자신이 언제라도 물어 죽일 수 있는) 다른 개들과 거만하게 놀아주기도 했다. 그러나 다음 순간 곧 울타리로 높이 훌쩍 뛰어오르는 바람에 놀란 나는 저절로 뒷걸음을 쳤다.

그다음 개는 조용해졌고, 위협적으로 내 얼굴을 찬찬히 오랫동안 살폈다. 그건 오직 공포와 나약함의 징후를 찾으려는 시도였다. 나는 개가 특별히 나라는 개인을 겨냥하고 있지는 않다는 것, 하지만 전쟁의 규칙만이 통용되는 이곳 외인부대 영토에서, 피에 대한 갈증은 무기도 군복도 없이, 그냥 맨몸뚱이인 존재, 바로 개 자신과 같은 존재를 무조건 향하도록 훈련되었음을 알아차렸다. (이 일과 관련하여 언젠가 오직 맨몸뚱이인 나는 "비무장 상태로 있는 사람이 적어도 한 명은 있어야 한다"라는 문장을 썼다.) 경비견인 개는 부대의 영역에 있고, 나는 들판에 있다(당연하게도 개는 들판을 볼 능력이 없다. 개에게 현실이란 오직 그에게 할당된 폐쇄구역이 전부이므로). 그리고 우리 사이에 놓인 철조망은, 옛 시구에서와 같이, *치 떨리게 차갑고 무거운, 영원한 빗줄기*와 같으며, 그 비를 통해 나는 생생하게 깨어 있는 현재성으로, 그리고 동시에 부유하는 몽상의 눈으로 적을 바라보고 있었다. 게토의 삶으로 인해 더욱 강화되었을 살의에 불타는, 종족의 원래 특징을 모조리 상실하고 오직 사형집행종으로서만 기능하는 특급 견본을.

오래전 할아버지가 산책하던 중, 야외에서 개를 떼어 놓는 방법을 보여준 것이 기억났다. 주변에 던질 만한 돌멩이가 없어도, 돌멩이를 집는 척 허리를 구부리면 개들이 물러난다는 것이다. 한번은 할아버지가 정말로 흙을 개의 입에 뿌린 적이 있었다. 그러자 개는 흙을 꿀꺽 삼키고는, 우리를 지나가게 내버려두었다.

나는 필루비에의 그레이트데인에게도 비슷한 시도를 해보았다. 하지만 개는 몇 겹이나 되는 주둥이를 크게 벌리고 짖어대기만 했다. 내가 허리를 굽힐 때, 웃옷 주머니에서 노란색 파리 지하철 티켓 한 장이 떨어졌다. 이미 사용한 것이고 뒷면에는 뭔가 메모가 잔뜩 적혀 있었다. 이번에 나는 그 티켓을 집어던졌다. 대담하게 용기를 내서, 울타리 사이로. 그러자 순간 개는 뭐든지 다 먹어치운다고 알려진 담비로 돌변하여, 종이 티켓을 꿀꺽 집어삼켜버렸다. 활활 타오르는 욕망으로, 그리고 동시에 할 수 없이 마지못해서.

즉시 내 머릿속에는 기생충이 떠올랐다. 개의 내장 속에서 개의 영양분을 먹고 사는 벌레들이 어둠 속에서 아우성치며 종이 티켓을 향해 한꺼번에 덤벼드는 광경이다. 그 순간 그레이트데인은 실제로, 자신의 단검 귀처럼 뾰쪽하게 비틀린 그것을 다시 몸 밖으로 배설해버렸다. 그 광경을 보고서야 나는 깨달았다. 개는 사방이 비슷비슷하게 메마르고 회색빛인 콘크리트 형상들 가운데, 그런 형상들이 하나둘도 아니고 대량으로 모여 있는 이곳에(전반적으로 거들먹거리는 조악한 필체), 소위 공적 권력의 영역에 단단히 박혀 있다는 것을.

악을 향한 그러한 무의식적 의지 앞에서, 좋은 말을 이용한 설득(그 어떤 형태의 대화든)은 생각할 수 없었다. 나는 단호히 웅크리고 앉았고, 외인부대의 그레이트데인은 조용해졌다. (그것은 단순히 놀라서 멈칫한 것에 지나지 않았다.) 그런 다음 우리의 얼굴은 매우 가까워졌고, 하나의 구름 속에 든 것처럼 사라졌다. 개의 눈은 희번덕거리던 빛을 잃었고 검은 머리에는 장례식 만장의 검은색이 더해졌다. 우리의 눈이 마주쳤지만, 우리 중 하나는 외눈이었다. 나는 개의 하나뿐인 눈을 들여다보았다. 그렇게 우리는 서로를 알게 되었다. 우리가 누구인지를, 그리고 우리는 서로에게 오직 영원한 적일 수밖에 없다는 사실을. 그와 동시에 나는 그 동물이 오래전부터 미쳐 있었음을 깨달았다.

그다음으로 개가 낸 소리는 짖는 것이 아니라 급박한 헐떡임이었는데, 그것은 점점 격렬해져서 마침내는 그 소리가 개의 몸에서 날개로 돋아나 울타리 위로 훌쩍 올라앉을 것만 같았다. 거기에 개의 무리가 울부짖는 소리도 더해졌다. 더이상 나 혼자만을 상대하는 소리가 아니라 이제 백색의 산마루 너머로, 혹은 짐승의 왕국 저 너머까지 가닿는 소리였다. 그렇다, 개는 내 생명을 노리고 있었다. 나 역시 가능하다면 엄령으로 개를 죽여 없애고 싶었다.

증오로 말문이 막힌 나는 그곳을 떠났다. 동시에 죄책감을 느꼈다. "내가 하려는 일을 위해서, 나는 증오하면

안 된다." 지금까지 길 위에서 느꼈던 감사의 마음은 모조리 잊어버렸고, 산의 아름다움은 무효가 되었다. 오직 악만이 현실이었다.

묵묵히 걷기만 하는 것도 매우 어려웠다. 적은 내 안에서 계속해서 꿈틀대고 악취를 뿜어댔다. 이제 자연 따위 눈에 들어오지 않았고, 언급할 만한 것은 더더욱 없었다. 내가 느끼는 이 황망함, 그리고 전쟁터에서나 어울리는 경직을 생각하니 프랑스에서 통용되는 독일 차용어 "이건-뭐지Was-ist-das"가 떠올랐다. 이 단어는 1871년 프로이센 점령군 병사들에게서 유래했다고 한다. 당시 파리의 거의 모든 집집마다 있던 다락방 채광창이 침입자들에게 이상해 보였기 때문이다.

필루비에를 벗어나 이미 서쪽 방향으로 접어든 나는 포도밭을 통과하는 우묵한 풀길에 앉아 햇볕을 쬐었다. 오래 걸어서 피곤했기 때문인지 깜빡 잠이 들었다. 꿈속에서 나는 돼지로 변한 개를 보았다. 밝고 단단하고 동글동글한 돼지는 더이상 한 인간의 추악함의 상징이 아니라 그저 동물 자체였다. 나는 돼지가 차츰 좋아져 가볍게 쓰다듬었다. 그러나 화해 없이 잠에서 깼다. 철학자의 말을 빌리자면, "신성한 작품을 위해 깨달음의 무절제로 정화되었다".

하늘은 아직 대낮처럼 밝은데 달이 떠올랐다. 나는 "침묵의 바다"를 상상할 수 있었다. 그러자 플로베르의 "완화"가 마음으로 와닿았다. 진흙투성이의 우묵한 풀길에서는 상쾌한 비 냄새가 났다. 나는 자작나무의 흰색을 다시금 보았다. 포도밭의 모든 이랑은 불특정한 방향으로 계속 이어지는 길이었다. 포도나무 줄기들은 평온의 촛대로 서 있었다. 달은 상상을 의미하는 오래된 기호였다.

나는 싱그러운 맞바람을 맞으며 최후의 태양과 함께 걸었다. 산의 푸른색, 숲의 갈색, 그리고 이회토 경사면의 진홍색이 내 색채의 길이 되었다. 나는 중간중간 달리기도 했다. 심지어 한번은 작은 협곡을 가로지르는 다리에서 아주 높고 멀리 점프했으며, 야비한 웃음을 터뜨리기도 했다. 나는 그 장소를 늑대의 점프('saut du loup')라고 이름 붙인 다음, 그저 계속해서 나아갔다. 엑스에서 먹을 음식과 포도주에 대한 기대만을 안고서.

밤늦게 엑스에 도착한 나는 미라보 거리 포석 위를 기어오르는 게들을 보았으며 밤바람 속에 둥실 떠오른 푸른 풍선을 담배연기라고 여겼다. 그리고 너무도 피곤에 지쳐, '긴 하루의 블루스'라는 생각만을 할 수 있었다.

뽕나무 길

나는 며칠 더 프로방스에 머물렀다. 때때로 지나치게 혼자였고, 유머를 잃었으며 색채들은 희미하게 바랬다. 창백함과 꼴사나움(항상 변함없는 영락의 내리막길). 어느 날밤 한 남자가 길을 건너 내 쪽으로 다가와서 말했다. "너를 죽일 거야." 나는 비어 있는 그의 손을 봤다. "아니, 칼로 죽이는 건 아니고." 나는 그의 눈길을 포착하는 데 성공했다. 우리는 짧은 거리를 거짓 동료가 되어 나란히 걸어갔다.

로브 거리에 있는 세잔의 아틀리에에서 그의 물건들은 성물이 되어 있다. 창턱 위 말라비틀어진 과일 곁에는 내 할아버지의 두꺼운 검은 웃옷이 옷걸이에 조심스럽게 걸려 있다. 미라보 거리의 카페에서 카드게임 하는 사람들을 만났다. 그들은 카드게임용 천을 탁자에 펼치고 있었는데, 그림에서와는 달랐다. 붉은 뺨을 하고 말

이 끊이질 않았으며, 게임을 멈추는 법이 거의 없는가
하면, 그림과 똑같기도 했다(카드를 향해 내리깐 상태인
눈꺼풀들). 나는 그 옆에 앉아 발자크의 소설『알려지지
않은 걸작Le Chef-d'oeuvre inconnu』을 읽었다. 소설에 나오는
화가 프랑오페르가 완벽하게 현실적인 그림을 갈망하
지만 실패하는 모습에서 세잔은 자기 자신을 보았다. 그
리고 프랑스어가 (문화로서) 내게 하나의—하지만 늘 결
핍 상태인—고향이 되었음을 깨달았다. 자 드 부팡Jas de
Bouffan('바람의 집')은 한때 가족의 별장이자 화가의 작업
장이고 모티프였는데 이제는 마르세유로 향하는 고속도
로와 접하게 되었으며 그 뒤로는 같은 이름의 신시가지
가 들어섰다. 그곳의 한 주택방수 광고판에는 "단열에
성공하세요Réussir votre isolation"라고 적혀 있다. 그러나 나는
한 슈퍼마켓의 '옴니프리Omniprix'라는 간판을 세잔이 편
지에 쓴 옴니포텐스¹로 읽었다.

한번은 좀 멀리 나갔다가 덤불 숲 어딘가에서 길을
잃고 헤매던 중, 갑자기 아무것도 없이 새파랗고 텅 빈
저수지와 맞닥뜨렸다. 마치 북쪽 나라의 피요르드처럼

---

1 Omnipotens, 전능

저 아래편 깊숙이 자리잡은 호수의 수면은 거친 파도로 출렁였고, 그 위로 시든 나뭇잎들이 한꺼번에 무리 지어 날아가고 있었다. 돌풍이 휘몰아치며 폭탄처럼 나무에 부딪혔고, 덤불들은 개미떼가 달라붙은 듯이 반짝거렸다. 그럼에도 불구하고, 나는 수시로 아름다움에 둘러싸여 있다는 느낌에 사로잡혔고, 그 느낌이 너무도 강렬해서 당장 누군가를 얼싸안고 싶을 정도였다.

마지막날, 마침내 나는 그동안 아래쪽에서 빙빙 돌기만 하던 산 위를 올라가보기로 결심했다. 출발 지점은 산마루로 통하는 북쪽 분지 계곡마을 보브나르그였다. 마을과 같은 이름을 가졌던 철학자는 이런 말을 남겼다. "우선 열정이 있어야만 인간은 이성을 배울 수 있다."

버려진 수도원 예배당이 있는 능선으로 가는 길은 멀었다. 하지만 힘들지는 않았다. (나는 도중에 갈증이 날 경우를 대비해 사과를 챙겼다.) 산 위에는 바람이 거세게 불었고, 나는 아래쪽에서 올려다보며 이상적인 고갯길로 여겼던 암벽의 갈라진 틈새에 앉아 저 남쪽에 펼쳐진 바다를, 북쪽 방투산의 회색 산등성이를, 그리고 북동쪽 아주 멀리에 솟아오른 알프스의 봉우리들을 바라보았다. "정말로 완전히 새하얀" 봉우리들(누군가 흰색 히아신스라고 불렀던). 옛 수도사들의 정원은 바람을 피할 목적으로, 마치 돌리네처럼 바위 안쪽으로 우묵하게 파인 곳에 있었다. 그 위로는 허공을 가로지르는 제비들의 날카로운 날갯짓 소리가 들려왔다(그 소리는 내려오는 길 내내 거미줄의 느릿한 흔들림과 함께 불특정한 형태로 반복되었다). 계속해서 능선을 올라가자, 주변의 바윗덩이들과 거의 구분이 되지 않는 조그만 군사용 석조 오두막이 나타났다. 허리를 굽혀 오두막을 드나드는 두 명의 병사, 그리고 시끄럽게 지직거리는 무전기 한 대가 그곳을 지키고 있었다.

그러나 산 정상부를 비현실적으로 만드는 것은 그런 전투용 시설도 아니었고, 바로 눈앞에서 보면 도리어 둔중한 회색빛이 도는 석회암덩어리도 아니었다. 산 정상은 정상이라는 느낌이 없었다. 나는 어느 유명 산악인이 떠올랐다. 그는 자신의 책에서 지구상 가장 높은 지점에 도달한 황홀경을 표현하는데, (산악인도 아닌) 어떤 다른 사람이, 거의 평지나 다름없는, 해발 100미터도 채 되지 않는 교외 거리를 지나가면서 메모한 글을 인용했다. 그래서 나는 곧 서쪽으로 산을 내려갔고 고원과 계곡, 프로방스의 도로를 볼 생각에 기뻤다. 세잔은 한때 이곳 도로를 로마의 길이라며 칭송했다. "로마의 길은 항상 감탄스러울 만큼 훌륭하다. 그들은 풍경의 감각이 있었다. 그 어느 시점에서 보아도 그림이 된다." (구석으로 처박혀 있는 소위 등산로가 아니라 차들이 다니는 도로를 굳이 선택한 이유이기도 하다.)

가장 먼저 도달한 고원 평지에서 내가 뒤돌아보았을 때, 산의 옆구리는 다시금 장엄한 백색으로 빛나고 있었다(어느 지점에서는 마치 대리석 정맥처럼 불빛이 번득였다). 그다음 한참 더 내려와 소나무 숲에서 돌아보자, 뾰족한 나무들 사이로 보이는 산의 환한 몸통이 높다랗게 걸려 있는 신부의 흰 드레스 같았다. 걸음을 계속 옮기며 나는 사과 한 알을 공중으로 집어던졌다. 사과는 허공에서 빙글빙글 돌며 내 길과 숲과 바위를 하나로 연결했다.

그 길에서 나는 또한 '생트빅투아르의 가르침'을 쓸 권리를 이끌어내게 된다.

위대한 화가의 영역에 머물면서, 나는 매일매일 점점 더 보이지 않게 되었다. 나 자신에게 그리고 다른 사람에게도. 낯선 환경은 도움이 된다. 그들은 친절하게도 나를 무시해준다. 시간이 갈수록 필요할 때마다 스스로 '보이지 않는 사람'이라고 규정할 수 있을 것 같았다. 풍경으로 녹아들거나 사라지는 게 아니라, 내가 그것의 물체들(세잔의 물체들) 사이에 잘 숨어 있는 느낌이었다.

어쩌면 오래전부터 그랬던 건 아닐까, 이미 어린 시절에 나를 위한, 나중에 레스타크가 그런 장소였던 것처럼, 은신의 물건이 있었던 것은 아닐까? 세잔은 이 물건과 관련이 없다(하지만 분명 다른 화가는 있을 것이다). 성인의 전설 때문에 그것은 내게 중요한 의미를 지니게 되었다(정작 전설에서는 전혀 언급되지 않는다).

그 물건이란 '장작더미'다. 그리고 전설은 계단 아래의 성인 알렉시우스의 이야기다. '다른 화가'는 마지막 차르 시대에 살았던 조지아의 농민 화가, 불행 속에 죽었으나 지금은 유명한 이름 피로스마니Pirosmani이다. 이들의 연관성을 분명히 설명할 수는 없지만, 그래도 말해야 한다.

조부모의 집에는 나무계단이 있었고 그 아래에는 창문 없는 골방이 있었다. 당시 그 '계단 밑' 방은, 나를 위해 성인 알렉시우스가 머물던 곳이었다. 아무도 모르게, 먼 타향에서 되돌아와, 은신의 열광적인 전율에 휩싸여서(그 전율은 나의 것이었다). 마을의 다른 집에서 나는 외양이 비슷한 계단을 보았다. 계단 아래에는 판자로 공간을 만들어 작업도구를 보관하거나 장작을 촘촘하게 쌓아두곤 했다. ─시간이 흐른 후에, 나는 거의 알지도 못하는 내 조상이 '조지아'에서 왔으리라는 상상을 했다. 뉴잉글랜드 해안의 케이프코드에서 아직 쓰지도 않은 글 속의 남자가 사는 집을 찾아냈던 것처럼, 이제 나는 동쪽 어딘가에서 그의 기원을 찾아낼 수 있기를 희망했다. 그러기 위해서 피로스마니의 그림이 단서가 되어주었다. 그는 항상 자신의 삶을 그림 속에 함께 표현했기 때문이다. 조지아의 화가는 전국을 유랑하며 살았다. 주로 선술집 간판을 그려 생계를 해결했으며 '알려지지 않은 채' 판자로 만든 골방에서 생의 마지막을 보냈다. 그 골방이 '계단 아래' 있을 거라고 나는 상상했다 …… 그리고(이렇게 설명이 완료되는가?) 작가로서의 소망이 생겼다. 내 글과 더불어 다른 누군가를(물론 언제든 나 자신일 수도 있는) 위해서 널빤지 길이 되고 싶다는, 혹은 마찬가지로 환하고 균일하며 두둑히 쌓인 '장작더미'가 되고 싶다는 소망.

'쓸 권리'—모든 글에 대해서 매번 새로이 요구되는—는 바로 그날 생트빅투아르산을 내려오는 길에, 내가 나 자신을 비판하는 데 성공하면서(보통 산을 내려올 때 흔히 그러듯이, 내 안으로 깊이 몰두하여 유머감각이 사라져버리는 대신에) 예고되었다. 빛으로 넘실대는 초원이 나타나자 나는 즉시 '에덴동산'을 떠올렸으며, 심지어는 두더지들이 파놓은 흙더미도 처음에는 '멀고 은은

한 푸른빛에 감싸인' 듯 보였다. 그 앞에서 나는 스스로를 질책했다. "아름다움이라고 해서 늘 하늘과 비교하지 마라. 대신 대지를 보아라. 대지를 이야기하거나 아니면 그냥 바로 여기 이 자리를 말해라. 그것을 그 자신의 색으로 불러라."

그런 다음 의도적으로 천천히 걸었다. 거의 항상 머리를 숙인 자세로, 간절히 보기를 원했던 먼 풍경을 피하면서. 어스름한 황혼 속에서 곁눈질로 하나의 샛길을 보게 되었다. 그때 과연 내가 걸음을 멈추었는지, 지금은 알지 못한다. 아마 멈추지 않고 계속 갔을 것이다. 그러나 평온과 기쁨의 상태에서, 내 선량한 쓸 권리에 새로이 흠뻑 취한 채, 활자와 이야기에 대한 새로운 확신으로 가득 차 있었다.

왜 나는 하필이면 쓸 권리라고 말하는가? 그것은 불특정한 사랑의 순간에 왔다. 그것이 없으면 당연히 글쓰기도 없게 되는, 그런 순간. 샛길 안쪽 깊숙한 곳에 서있던 뽕나무 한 그루가(실제로는 밝은색 먼지투성이 길에 떨어진 붉은 과즙 얼룩이) 내가 최초로 이성적인 기쁨을 생각할 수 있었던 1971년 여름 유고슬라비아의 붉은 뽕나무즙과 신선한 섬광 속에서 합치되는 것을 보았기 때문이다. 그리고 무엇인가, 시선이? 내 눈동자가? 어두워졌으며, 동시에 모든 형상이 둥글고 깨끗하게 보였다. 또한 침묵이 있었다. 침묵과 함께 평범한 자아가 순수한 무명으로 변했고, 나는 변화의 충격 속에서, 단순한 무형 이상이었다. 나는 *작가*가 되었다.

그렇다, 그 황혼의 샛길은 이제 내게 속했고, 이름을 얻었다. 흙먼지 위에 떨어진 뽕나무 얼룩이 가져온 상상의 순간(다만 내가 온전히, 그리고 나에게 실제로 존재하며 진실을 깨달은 순간)은 단순히 내 삶의 파편들을 무결하게 조화의 상태로 통일시켰을 뿐 아니라 나와 타자, 나와 미지의 존재들 사이에 혈연과도 같은 유사성을 새로이 열어주었고, 그리하여 형성된 불특정한 사랑을, 충실한 형태로! 전파하고 싶다는 의욕을 갖게 만들었다. 결코 특정되지 않는 내 은밀한 종족의 결속을 위한 정당한 제안이며 우리 모두에게 공통된 존재의 형태인, 홀가분하고 활기차며, 대담한 글쓰기라는 당위의 순간이었다. 그리고 나는 '한 척의 배를 상상하듯' 평온을 느꼈다. 물론 곧 평소와 같은 고통이, 혹은 학대(물론 절망과는 반대이긴 하지만)가 다시 시작되었다. "그런데 도대체 형태가 무엇인가? 여기 나라는 무결한 자는(나는 스스로를 좋은 사람이라고는 생각지 않는다, 단지 죄가 없다고 여길 뿐이다) 도대체 무슨 이야기를 해야 하는가? 그리고 그런 이야기의 주인공은 또 누구란 말인가?"(도대체 누가, 불특정한 독자여, 그림의 대상이나 이야기의 주인공이 되어달라고, 당신들에게 한 번이라도 제안한 적이 있었던가?)

자동차 한 대가 멈추어 섰다. 뒷좌석에는 작은 개 한 마리가 조용히 앉아 있었다. 차는 나를 도시로 실어다주었고, 그곳에서 나는 뜨거운 결심에 도달했다. 비물질화되었으나 여전히 질료인 언어를 추적해, 아직 계류중인 팔찌를 낀 남자의 귀환 이야기를 계속해서 쓰고 싶다고. 아니, 그건 고통이 아니었다. 그것은 일이었다.

그림들의 그림

지금까지는 주로 화가와 작가, 그림과 글쓰기에 대해서 말했다. 그러나 이제 화가 폴 세잔이 어떻게 해서 내게 인류의 스승이 되었는지를 말할 차례인 것 같다. 나는 감히 말한다, 그는 지금 이 시대 인류의 스승이 되어주었다고.

잘 알려진 바와 같이 슈티프터는, 예술의 영원한 법칙을 다음과 같은 말로 표현했다. "공기의 나부낌, 물살의 찰랑거림, 곡식의 성장, 바다의 파도, 대지의 초록, 하늘의 빛, 별들의 반짝임은 위대하다…… 우리는 인류를 인도해온 부드러운 법칙을 깨닫기를 원한다." 그런데 놀랍게도, 슈티프터의 이야기는 결말이 거의 항상 재앙으로 변질되어버린다. 특별하게 극적인 몰락 없이 단순히 뭔가가 거기 있는 상황조차도 위협이 된다. 처음에는 "아름다운 하얀 베일"인 눈이 "고요하고도 은밀하게" 내리다가, "아름다운" 줄 알았지만 위에서 보니 "무섭도록 푸르른" 빙하에 기어올라간 아이들에게, 마침 내 "새하얀 암흑"이 되어버린다. 그리고 그 황무지 마을 의 "빛나는 하늘"은, 몇 주 동안 계속해서 광채를 유지 하며, "흰색과 푸른색인 대기"를 마침내 "매끈하게 번쩍 이는 바윗덩이"로 만들어버린다. 사물이 이처럼 섬뜩한 변신을 하는 데는 작가의 개인적인 상황에 기댄 어떤 설 명이 필요했고, 그것은 발견되었다. 그러나 아무리 초원 위를 부드럽게 졸졸 흐르는 물줄기라도 시대의 지배를 받는 이야기 속에서는 생명을 위협하는, 하지만 그 안에 정말로 빠지지는 않는 구덩이가 만들어지기도 하는 법 이다. 마찬가지로 「석회석」의 첫 문장은 다른 모든 다양 한 색채의 돌 이야기에 전부 적용되는 것이다.[1] "이것은 언젠가 한 친구로부터 들은, 그 어떤 특별한 일도 일어 나지 않지만 그럼에도 내가 영영 잊을 수 없었던 이야기 다."(화가이기도 했던 슈티프터는 단 한 번도 화폭에 재앙 의 장면을 담지 않았다. 가장 최대의 묘사라고 해봐야 돌풍 에 쓰러진 나무를 그린 한 점뿐이다.) 파리의 주드폼미술

---

[1] 슈티프터의 책 『오색의 돌』에는 석회석을 비롯하여 다양한 암석을 주제로 한 여섯 개의 이야기가 실렸다.

관에 걸린 세잔의 그림 앞에 선 나는, 화가인 그뿐만 아니라 작가인 나 역시 그림이 무엇을 의미하는지 이해했다고 믿었다.

세기가 바뀌고 말년에 이른 그가 여전히 몰두해서 그린 모티프는, 이전부터 자주 그려왔던 바위와 소나무였다. 그림의 제목에는 장소와 지명도 명기되어 있다. 「샤토누아르 위쪽 동굴 부근의 바위들Rochers près des grottes au-dessus de Château-Noir」(샤토누아르는 르톨로네 마을 위쪽에 위치한 오래된 저택이다).

내가 그림 앞에서 이해한 것이 무엇인지 말로 설명하기란 어렵다. 당시 내가 받은 일차적인 느낌은 '가까움'이었다. '보여진 것의 사색'(이라기보다는 생각의 소용돌이)은 길었고, 그 시간이 지난 후 이제 경험을 전달하고픈 욕구를 느끼는 나는 영화의 한 장면을 떠올린다. 존 포드 감독의 작품 「분노의 포도」에서 자신의 어머니와 함께 춤추는 헨리 폰다의 모습이다.

그 장면에서는 모든 이가 함께 춤춘다. 목숨이 달려 있는 위협에 맞서기 위해서다. 대지에 닥친 재난으로 이곳저곳을 떠돌게 된 이들이, 마침내 정착할 수 있는 작은 땅덩이를 발견하고, 그 주변에 도사린 적의 위협에 맞서 스스로를 지키려 한 것이다. 그러므로 이들의 춤은 순전히 속임수에 불과하지만(어머니와 아들은, 사방을 빙글빙글 돌면서, 다른 사람들과 마찬가지로, 경계심 넘치는 기민한 눈길을 주고받는다), 그럼에도 불구하고 그것은 어느 순간 진심어린 결속으로 도약하는, 오직 단 한 번뿐인 (그리고 다시는 없을) 그런 춤이다.

위험, 춤, 결속, 진심, 이것들은 내가 그림 앞에서 느꼈던 가까움의 감정을 형성한다. 내 가장 깊숙한 내면의 소나무와 바위들이, 바로 눈앞에 가까이 커다랗게 서 있고, 거대한 날개를 펄럭이는 한 마리 새가, 아주 짧은 순간 몸을 관통해서 날아간 것 같았다. 하지만 보통 그런 종류의 충격과는 다르게, 금세 휘발되어버리지 않고 계속 남아 있는 느낌이었다. 그렇다, 내가 느낀 가까움은 또한 인식이었다. 1904년, 그림이 탄생한 해, 돌이킬 수 없는 어떤 세계적인 사건이 일어났다. 그 세계적 사건은 이 그림 자체였다.

언젠가 한번 세잔은 '모티프'의 의미를 설명해달라는 요청을 받고는, 양손의 손가락을 펼쳐 보이고 '매우 천천히' 두 손을 합쳐 포갠 다음 깍지를 끼었다. 그것을 읽자마자 나는, 처음 그림 앞에 섰을 때 소나무와 바위가 서로 얽혀 있는 문자로 보였던 것이 기억났다. 명확하게 불특정한 문자로. 세잔이 쓴 편지에서 또 나는 읽었다.

그는 절대로 "자연을 따라 그대로" 그리지 않는다고 했다. 그의 그림은 그보다는 "자연과 평행을 이루는 구조와 조화"였다. 추후에야 나는, 캔버스에 직접 그려봄으로써 그의 말을 이해할 수 있었다. 사물, 소나무와 바위가 그 역사적인 순간 순수한 이차원 평면에서—공간 환영의 돌이킬 수 없는 종말—하지만 그들의 장소와 위치 ("샤토누아르 위쪽au-dessus de Château-Noir")에 충실하게 복무하는 색채와 형체로! 서로 밀접하게 연결되어 얽히면서, 인류 역사의 유일한 회화문자를 형성하고 있다는 것을.

사물-그림-문자가 하나 되는. 이런 전례는 없었다. 하지만 내 가까움의 느낌을 표현하기에는 아직 미흡하다. 이와 비슷한 경우로는, 언젠가 내가 풍경을 향해 나 있는 창을 통해 바라보면서 중국 활자라고 여겼던 실내용 화초들이 있긴 하다. 그런데 세잔의 바위와 나무는 그런 활자 모양 이상이었다. 지상의 흔적이 없는 순수한 형체 그 이상. 거기에 더해서 화가의 손에 의한 극적인 붓놀림 (그리고 가는 붓선) 덕분에 정교한 주술로 조성되어, 처음에는 내가 그저 "이처럼 가깝다니!" 하고 여겼던 것이 이제는 태고의 동굴회화와 연결되고 있었다. 그것은 사물이었다. 그것은 그림이었다. 그것은 활자였다. 그것은 붓놀림이었다. 그리고 그것은 모두 하나였다.

몇백 년 뒤, 만물은 다만 평평해질 것이다, 라고 화가는 이미 레스타크에서 썼다. 그리고 덧붙였다. "하지만 그래도 남아 있는 소수의 것들은 마음에, 그리고 시선에 참으로 귀하게 닿을 것이다." 그리고 30년 뒤, 바위와 나무 그림을 그리던 시절 그는 이렇게 말했다. "상황이 좋지 않다. 뭔가 다른 걸 보고 싶다면, 서둘러야 한다. 모든 것이 사라지고 있다."

모든 것은 사라졌는가? 당시 주드폼미술관에서 나는, 세잔의 압도적인, 인류 역사상 오직 한 번만 가능할 사물-그림-문자-붓놀림-춤이 우리 같은 이들에게 세계의 제국을 강력하고도 끈질기게 열어젖히는 것을 체험하지 않았던가? 나는 소나무와 바위들을, 매번 그 앞에서 '좋은 자아'가 고개를 들게 만드는, 그림들의 그림으로 실감하지 않았던가? 주변의 다른 것들 앞에서는 어떤가? 그리고 다른 장소에서는? 나는 반대편 벽에 걸린 정물화들을 곱게 보살핌을 받는 '아이'처럼 쳐다보지 않았던가?

주드폼은 상당히 평범한 미술관이다. 그러나 소중한 것들로 빛나는 이 벽은 일종의 미적 견본이다(게다가 창문 너머로는 세잔에게 '유일한 광장'이었던 콩코르드광장이 보인다). 살짝 변형된 형태로, 기울어진 평면 위에 놓인

배, 복숭아, 사과 및 양파, 화병, 그릇과 병은 마치 동화 속 사물처럼 금방이라도 살아 움직이기 시작할 것 같다. 하지만 이것은 명백하게 지진이 발생하기 직전의 순간이다. 그리하여 마치 이들이 최후의 사물인 것 같다.

이 벽을 스위스 어느 박물관 벽과 비교할 수 있다. 스위스의 박물관에는 세 개의 커다란 초상화가 나란히 걸려 있다. 화가 자신, 그의 아내, 그리고 빨간 조끼를 입은 소년. 따로 이름이 명시되지 않은 이 사람들은 시간을 관통하는 열차가 잠시 멈춰 선 사이 세 개의 차창으로 나란히 보이는 인물들 같다. 이들 셋은 이미 오랜 시간을 여행하는 중이다. 유일하게 피곤해 보이는 소년은 손으로 머리를 받친 자세다. 반면 두 성인은 몸을 똑바로 세운 채 아무런 표정이 없으므로 침착하게 정신을 차리고 있다는 인상을 준다. 그들이 있는 벽은 이제 주드폼의 정물화 벽과 교차를 이룬다. 취리히의 세 사람을 실은 기차는 파리의 과일 거리에서 멈춘다.

세잔의 작품은 그러므로 메시지인가? 내게는 제안으로 보인다. (루트비히 홀은 반 고흐가 그린 얼굴들을 "말로도 표현할 수 있다"라고 했고 세잔의 얼굴들은 "오직 그림으로만 그릴 수 있다"라고 했다.) 그들은 내게 무엇을 제안하는가? 그들이 뭔가를 제안하듯이 보인다는 것 자체가 그들의 비밀이다.

거의 모든 것이 사라졌음이 명백하기 때문이다. 쌓여 있는 과일더미에서 왁스칠한 오렌지의 가라앉은 노란색 하나만으로 충분하며, 그 이상의 것을 나는 상상할 수 없다. 사물의 성분 자체에서 나오는 색상은 어디에 있는가? 지금의 어떤 사물이 눈의 질료인가? 이를 위해 나는 점점 더 간절하게 손길이 닿지 않은 자연을 찾는다. 그건 항상 고결할 수 있지만, 동시에 항상 나를 삼켜버릴 듯한 지평선의 공포와 전율을 안겨주기도 한다. 그래서 나는, 지속성을 갈구하는 마음으로, 일상적인 가공품들에 의도적으로 몰두했다. 아스팔트의 회청색에서 다름 아닌 너도밤나무 숲을 발견하지는 않았던가? 때때로 저녁 비행기의 굉음이 하루의 새로운 시작이지 않았던가? 아이의 스웨터에 달린 주석 별은 일종의 검증된 것이 아닌가? 그리고 마침내 신문지에서 풀려난 비닐봉지가 햇빛을 받아 밝은색의 주름치마처럼 펄럭이지 않던가? 그렇다, 하지만 그건 일상적이지 않다. 불만을 말하는 건 가능하다, 일상성은 사악해졌다고. 가공된 사물에는 오직 에피소드처럼 가볍고 슬픈 아름다움뿐이다. 그것들은 귀환을 약속하지 않으며, 따라서 비현실로 머문다. (그래 맞다, 엑스를 떠나는 길에 마르세유공항의 붉은 인조

바닥재에서도 나는 생트빅투아르산 이회암의 광채를 보았던 것이다……) 집에서 한 쌍의 눈이 기다리고 있는 자는 복되도다!

이곳에서 두 명의 마을 노인이 나누는 대화를 들었다. "사람이 아무것도 믿지 않는다면, 도대체 무엇을 위해 산단 말인가?" 나를 가리킨 말은 아니었지만, 마치 내게 하는 말처럼 들렸다. 나 또한 다음과 같은 질문을 오랫동안 생각하고 있었기 때문이다. "오직 믿음을 통해서만 사물 역시 지속적으로 현실에 머물 수 있지 않을까?" 마을의 촌장 노인들이 알고 있었을 믿음의 비밀은 무엇일까? 나는 일생 동안 스스로를 믿는 존재라고는 단 한 번도 생각하지 않았던 것 같다. 과거 어린 시절에는 지금보다 더더욱 그랬다. 하지만 그래도 아주 오래전부터 내게 그림들의 그림은 있지 않았던가?

이제 그 이야기를 하고 싶다. 그 또한 이 글에 속하기 때문이다.

그 그림은 어느 커다란 실내의, 특정 용기 속에 든 물건이었다. 커다란 실내는 교구 교회였고, 물건은 축성된 성체라 불리는, 얄팍한 흰색 과자가 들어 있는 성배였다. 그것이 들어 있는 용기는 회전문처럼 열고 닫히는 구조로 제단에 삽입된 금도금 성합聖盒이었다. 이 소위

'가장 신성한 물건'이 그 당시 나로서는 가장 현실적인 물건이었다.

현실의 것은 귀환하는 순간이 있었다. 화체化體의 말을 통해 이른바 신의 몸이 된 빵조각들이, 성배와 더불어 성합 속으로 숨겨질 때마다 귀환이 일어난다. 성합이 열린다. 물건인 성배가, 천에 덮인 상태로, 움푹 들어간 공간 속 현란한 빛깔의 안감 위로 놓인다. 성합이 다시 닫힌다. 그리고 이제 폐쇄된 오목한 궁륭이 금빛 광채를 내뿜는다.

그리고 지금 나는 세잔의 '현실화'를 바로 그렇게 바라본다(단지 차이라면 무릎을 꿇지 않고 똑바로 서서 본다는 것이다). 위험에 처한 사물들을 변화시키고 은폐하기. 종교 의식이 아니라, 화가의 비밀이었던 믿음의 형체 안에서.

차가운 들판

겨우 짧은 구간을 잠시 걸었을 뿐인데도 항상 예기치 않게 거창한 결과를 남기는 파리 거리와는 반대로, 당시 생트빅투아르산 자체는 그 이후로 단 한 번도 내 상상 속에 출현하지 않았다. 그 대신 색채와 형체의 비유 속에서 산은 거의 매일 되풀이되고 있다. 대단치 않아 보이는 오르막길인데 걷다보면 탁 트인 정상과 아슬아슬한 고원으로 이어질 수 있다. 그러다보니 특별한 학문적 소양이 없는데도, 내 주변 지역을 좀 알겠다는 믿음이 생긴다.

하지만 산의 여파는 피상적인 과학지식의 영역을 훌쩍 뛰어넘는 것이었다.

파리에는 몽마르트르와 달리 사람들이 잘 모르는 언덕이 하나 있다. 도시의 서쪽 가장자리에 있으며 실제로는 파리 교외인 쉬렌에 속하는 이 언덕은 발레리앵언덕이라고 한다. 언덕은 센강을 따라 서쪽으로 이어지는 일

련의 언덕들 중에서 특별히 높은 건 아니지만, 제2차세계대전 중 독일 점령자들이 대규모 처형지로 사용했던 요새가 있다.

이전에 나는 한 번도 그 위로 올라가본 적이 없었지만, 생트빅투아르에 다녀온 경험은 나를 그곳으로 이끌었다. 그래서 어느 화창한 여름의 일요일, 나는 푸른 하늘을 배경으로 선 돌 묘지를 보았고 그것을 눈부신 죽음의 도시로 여겼다. 단단하고 달콤한 블랙베리를 땄다. 그리고 작은 집들이 가득 들어선 언덕 기슭을 보았다. 여기저기서 개가 짖었고 군데군데 지붕에서 연기가 피어올랐다. 유령이라곤 없는 현실의 모습 그 자체였다. 동쪽 길로 다시 천천히 내려가다가 강의 다리를 건너 시 경계 안으로 들어왔고, 불로뉴숲에서 곧장, 높이가 거의 느껴지지 않는 두번째 언덕을 올라갔다. 그곳 역시 전쟁과 관련해서 *총살당한 자들의 언덕*Mont des Fusillés이라고 불리며, 나무줄기에는 아직도 총탄 흔적이 남아 있다(그 나무 아래에는, 이제 어디서나 그렇듯, 일요일의 소풍객들이 자리잡고 있다). 그리고 그날 오후, 자주 음악과 비교되곤 하는 세잔의 그림에 대해서 나 역시 처음으로 그런 비슷한 생각이 떠올랐다. 나는 현재를 유지하기 위해, '마치 마림바처럼' 현재를 흔들고 싶었던 것이다.

저녁에 나는 시 경계의 교량 위에서, 움직이는 황금색 불빛으로 변한 인근 고속도로를 내려다보았다. 그리고 그때 내가 생각했던 것은 오늘까지도 매우 타당해 보인다. 설사 괴테라 해도 지금의 나를 질투할 수밖에 없으리라고, 왜냐하면 나는 지금, 20세기의 끝을 살고 있으니까.

생트빅투아르산을 중심으로 형성된 생각의 소용돌이는 점점 더 넓어지기만 했다. 의도한 건 아니었다. 그냥 그렇게 되었다.

내 계부는 독일 출신이었다. 그의 부모는 제1차세계대전이 발발하기 전에 슐레지엔[1]에서 베를린으로 이주했다. 내 아버지도 독일인이었다. 그의 고향은 (내가 한번도 가본 적이 없는) 하르츠[2]다. 반면에 어머니의 조상은 전부 슬로베니아인이었다. 할아버지는 1920년 새로 건국된 유고슬라비아에 오스트리아 남부 지방을 합병시키는 데 찬성했다는 이유로 독일계 세력으로부터 맞아 죽을 뻔했다. (그 사이로 할머니가 몸을 던졌다. 사건의 현

---

1 Schlesien, 지금의 폴란드, 독일, 체코에 걸쳐 있는 중부 유럽의 지명.

2 Harz, 독일 북부 산간 지역.

장. '밭이랑 끄트머리.' 슬로베니아어로, '오자라ozara'.) 그 사건 이후 할아버지는 공공의 사안에 대해서는 거의 침묵을 지켰다. 어머니는 소녀 시절 슬로베니아 아마추어 극단에서 활동했다. 나중에 그녀는 슬로베니아어를 할 줄 아는 것을 늘 자랑스럽게 여겼다. 어머니의 슬로베니아어는 전쟁 후 러시아 점령하의 베를린에서 우리에게 큰 도움이 되었다. 그런데 어머니는 자신을 슬로베니아인으로 생각하지는 않았다. 슬로베니아민족은 국가의식이 빈약하다고 알려져 있다. 세르비아인이나 크로아티아인과는 달리, 전쟁에서 자국을 방어할 기회가 한 번도 없었기 때문이다. 그래서 심지어는 다 함께 부르는 노래조차도 슬프게 내면으로 파고 들어간다. 내 최초의 언어도 슬로베니아어였다고 한다. 고향의 슬로베니아인 이발사는 내게 늘 말하곤 했다. 내가 처음으로 머리를 깎으러 왔던 날, 나는 독일어를 한마디도 할 줄 몰랐고, 그래서 그와 오직 슬로베니아어로만 대화를 나누었노라고. 나는 전혀 기억이 나지 않을 뿐 아니라, 그 언어 자체를 완전히 잊어버렸다. (나는 내 기원이 어딘가 다른 곳일 거라고 착각하고 살았다.) 오스트리아에서 학교를 다니면서, 나는 독일에 대해 향수병을 앓았다. 독일은 내게 대도시—종전 이후의 베를린—의 상징이었기 때문이다. 제3제국[3]에 대해서 처음 듣고 나서는, 세상에 그보다 더 나쁜 일은 없다는 것을 알았고 또 내가 할 수 있는한 그 지식에 맞게 행동했지만, 어린아이일 때 경험한독일이 그 일과 관련되었다고는 전혀 느끼지 못했다.

　나중에 나는 서독의 여러 곳에서 거의 10여 년을 살았는데, 여전히 내가 태어난 나라보다 더 넓고 더 밝다는 인상을 받았다. 그리고 오스트리아와는 달리, 내 언어를 이해하는 사람이 거의 없는―그것은 하나의 경험이었다―그곳에서, 어떤 경우에는 심지어 매우 큰 열정으로 사람들 사이로 끼어들 수 있었다(그러다가 다른 것을 누설해버린다는 생각이 종종 들기는 했지만). 독일에서산다는 생각은 여전히 내게 가능하다. 왜냐하면 매일매일 활자를 읽는 데 그처럼 '꾸준한' 사람이 많은 곳은 그어디에도 없기 때문이다. 홀로 떨어져, 아무도 모르게읽는 은밀한 종족이 그처럼 많은 나라는 없다.

　그러나 내가 군중의 정신을 느끼고 그 혼잡 속으로함몰되어버리는 경험을 한 건 파리에서의 일이다. 프랑

3　Drittes Reich, 신성로마제국과 독일제국의 정통성을 계승한다는 의미로 국가사회주의자들에 의해 프로파간다로 사용되었다가 이후 나치 독일의 호칭이 되었다.

스만큼의 거리를 둔 채로, 나는 점점 더 악하고 더 경직되게만 느껴지는 독일 안으로 발을 디뎠다. 집단들, 그들은 여전히 '부드러움' '연대' '격려'를 입에 올리면서 폭도처럼 행동했고, 개개인들은 감상적이 되었다. ('고집, 감상, 여행'은 한 독일인 친구의 모토이기도 했다.) 지나가는 행인들은, 나이에 상관없이 이 세상을 다 살아버린 것 같았다. *빛을 잃은 눈동자.* 심지어는 어린아이들조차도, 자라나는 게 아니라, 와락 돋아난다는 인상을 주었다. 페인트칠한 고층 건물은 조각조각 쪼개져 살풍경한 도로를 달리는 알록달록한 자동차로 되살아났고, 자동차 안 사람들은 목받침대로 대체된 듯 보였다. 파킹미터의 쩔그렁거림, 담배자판기의 쿵 하는 충격음이 매일의 전형적인 소리였다. 그에 상응하는 어휘로는 '배수관 보호' 및 '텔레비전 우울'. 상점의 물건에는 '빵'이나 '우유' 대신 개악과 주제넘음의 상표가 붙어 있었다. 신문과 책의 내용을 포함하여 거의 모든 것이, 위조된 이름을 가졌다. 일요일이면 허공에 백화점 깃발이 펄럭였다. 한때 "영혼의 악센트"라고 불렸던 몇몇 방언들은 (오스트리아에서와 마찬가지로) 마음을 불쾌하게 만드는 영혼 없는 더듬거림에 불과했다. 우체통에는 분명 '기타 방향'용 우편함이 있었지만, 사실은 아무런 방향감각이 없었다.

심지어 자연조차 무효화된 것처럼 보였다. 나무 꼭대기와 그 위의 구름은 단지 왔다갔다하며 기계적인 움직임을 수행할 뿐이었다. 2층버스의 형광등 불빛들은 사람을 빤히 겨냥했고, 아파트 문 뒤에서는 개 줄이 끌리는 소리, 열린 창문으로는 사고 현장을 멀리서 바라보기만 하는 사람들의 형상, 인터폰에서 고함처럼 질러대는 목소리는 황량한 거리를 향해 울렸다. "누구?" 신문의 첫머리에는 인공잔디가 판매되며, 서글픈 아름다움과 같은 것은 공중화장실 주변에서나 간혹 부유할 뿐이었다.

당시 나는 폭력을 이해했다. '목적의 형태'로 기능하는, 최후의 사물 하나에까지 모조리 뭔가를 써놓았으면서도 동시에 말도 목소리도 전혀 없는 이 세계는 정당하지 않았다. 아마도 그런 상황은 어디나 마찬가지였으리라. 하지만 바로 그곳에서 나는 알몸뚱이로 강타당했고, 아무나 때려눕히고 싶었다. 나는 그 나라에 증오를 느꼈다. 증오심은 너무도 거세게 타올라서, 한때 내 계부에게 느꼈던 것과 유사할 지경이었다. 나는 상상 속에서 그를 향해 도끼를 휘두르곤 했던 것이다. 뿐만 아니라 그 나라의 정치인들도(정치인뿐 아니라 정치인처럼 구는 '예술가들' 역시) 내 눈에는 연기가 엉망인 배우들 같았다. 내면에서 우러나오는 말이라곤 하나도 없었다. 그들에 대한 내 유일한 생각은 '속죄의 부족'이 전부였다.

이 기간 나는 심지어 독일의 계곡, 강, 산 등의 지형까지도 혐오했다. 혐오감은 땅속 깊은 곳까지 사무쳤다. 그래서 팔짱을 낀 남자 이야기에서는, 지질학자인 주인공이 보고서인 '공간에 대하여'를 쓰면서 독일의 이른바 *차가운 들판*의 풍경을 묘사한다는 줄거리를 넣으려 했다. 아주 먼 옛날 한 장소를 흐르는 두 개의 강이 분수계에서 "쟁탈전을 벌였다". 강 하나가, 더 거센 낙차로 인해, 물줄기를 뒤로 돌리고, "강도가 머리를 싹둑 베어가듯"(전문용어의 표현), 원래 분수계 너머로 침범해 다른 강을 휩쓸고 흘렀다. 물줄기를 빼앗긴 두번째 강의 하류 계곡은 첫번째 강의 "칼날"에 의해서 "참수당했고" 황무지로 변했다. 쟁탈이 일어난 지점의 하류 물줄기는 "왜소"해지고 따라서 계곡은 너무도 드넓게 보인다. 그리하여 *차가운 들판*이라고 불린다.

그러나 지질학자는 유럽의 땅에 도착하기 전에 다시나 자신으로 바뀌어버렸고, 그 막간의 시기에 나는 다시 베를린에서 살게 되었다. 그때 나는 『휘페리온』을 다시금 읽었고 마침내 모든 문장을 이해했으며, 그 속의 말들을 그림처럼 볼 수 있었다. 또한 달렘미술관의 오래된 그림 앞에 자주 서 있곤 했다. 언젠가 지하철에서 내려

작은 원형의 달렘 마을 광장으로 걸어들어가다가, 마치 파리의 콩코르드광장처럼 여러 개의 가지로 갈라진 가로등 전등이 광장 주변을 빙 둘러싸고 있는 것을 본 나는 새삼 '국가'의 아름다움을 발견했으며, 심지어는 그러한 종류의 것들에 대한 그리움마저도 느꼈다. 바로 이곳 독일에서, '제국Reich'이라는 단어는 내게 새로운 의미로 다가왔다. 특히 내가 아직도 더욱 커다란 반경을 그리며, 니콜라스 보른Nicolas Born이 묘사한 북부의 '평원'을 떠돌고 있을 때, 그리고 구불구불한 모랫길과 어두운 물을 보며 다시 17세기 네덜란드 풍경화를 생각했을 때는 더더욱. 단어의 의미가 변한 것은 어떤 차이가 있었기 때문이다. 쇠약한 나무 한 그루, 혹은 소 한 마리만 있다 할지라도, 풍경화는 찬란한 '제국'의 광채를 보여주었는데, 반면에 나는 이곳 광채 없는 '지방'을 떠도는 중이었다.

또한 그때까지 나는 베를린이 드넓은 빙하곡에 자리잡고 있다는 사실을 전혀 알아차리지 못했다(예전의 나라면 거의 관심을 갖지 않았을 점이다). 집들은 스텝 들판처럼 평평한 대지에 무작위로 흩어져 있는 것처럼 보였다. 그런데 겨우 몇 블록 떨어진 곳에, 과거 빙하가 녹으면서 뚜렷하게 형성된 비탈이 있다는 것도 알게 되었다. 이 도시에는 그런 장소가 전부 다 합해도 몇 군데 되지 않는다. 그 자리에는 마태공동묘지가 있었으며, 주변의 다른 지형들 위로 뚜렷이 솟아오른 묘지 정상은 베를린 쇠네베르크구 최고의 해발고도에 해당한다. (전쟁에서 발생한 폐허 잔해물을 쌓아올린 인공 산은 고려하지 않았다.) 어느 날 오후 나는 그곳으로 갔다. 찌는 듯한 더위와 멀리서 울리는 천둥이 어울리는 날이었다. 길이 아주 살짝 야트막한 경사로 접어들자마자, 나는 벌써 흥분과 기대로 넘쳤다. 하지만 확연한 언덕길이 시작된 것은 묘지 안으로 들어와서부터였다. 보통의 묘지 풍경이 계속 이어지는 언덕은 꼭대기가 평평했지만 작은 제방이 있어서 테라스 구조를 이루었다. 나는 거기에 앉아(내 옆의 묘비에는 그림 형제의 이름이 있었다) 도시가 평소와는 완전히 다르게 뻗어 있는, 그리고 아주 멀리, 계곡 바닥에서는, 심지어 강물이 느껴지는 거대한 분지를 내려다보았다. 뇌우의 첫 빗방울이 머리에 따스한 타격을 가하며 떨어졌다. 이제 나는 거기 앉아 있는 자를 위해 옛날 소설들에 나오는 어느 문장을 정당하게 인용할 수 있다. "이 순간에 그보다 더 행복한 사람은 없었다." 돌아가는 길에 경사가 살짝 급한 랑엔샤이트 거리에서는 선사시대의 물을 경험해보기도 했다. 부드러우면서 깨끗한 느낌. 저녁이 되자 연필 끄트머리의 흑연이 번쩍였고, 계곡 바닥에서는 'KaDeWe 백화점'의 깃발이 며칠 동안이나 펄럭였다.

　마침내 나는 해발고도가 100미터가 채 되지 않으며 서베를린의 최고봉인 하벨베르크[4]로 향했다. 올라가는 길에 풀이 자라는 빈터를 지나쳤는데, 빈터에는 커다란 회색 자루들이 쓰러져 있었고 잠에 취한 군인들이 그 안에서 기어나왔다. 우회로를 돌아서 나는 정상에 올랐다. 정상의 위치는 내가 스스로 정했다. 하벨베르크의 상부는 거의 엇비슷한 높이의 능선이 이어지기 때문이다. 나는 큰 소나무 아래에 누워 다시금 지금 현재의 바람을 들이마셨다. 황혼의 어스름 속에서, 아래로 멧돼지가 돌아다니는 사냥꾼의 파수막 위에 앉은 나는, 전쟁이 끝난 후 우리 가족이 살았던 동베를린을 건너다보았다.

　그해 내가 아버지를 방문한 것은 우연이었다. 아버지로부터 소식이 끊어진 지도 아주 오래였으므로 그가 전화를 받자 나는 놀랐다. 그는 독일 북부의 작은 도시에 살고 있었다. 지금까지 우리는 몇 번인가 만난 적이 있었

---

[4] Havelberg. 베를린 그루네발트숲에 있는 언덕.

다. 그때마다 상세하게 약속장소와 시간을 정했지만, 늘 그랬듯이 이번에도 길이 엇갈리고 말았고. 우리는 저녁 내내 그 이유를 찾으려 했다. 그는 아내가 죽은 후에 혼자 살고 있었다. 개 한 마리조차 더는 기르지 않았다. 그와 마찬가지로 남편과 사별한 여자친구와는 주말에만 만났다. 그사이에는 저녁때 잠깐씩 한 사람이 다른 사람의 집에 전화벨이 울리게 할 뿐이다. 오직 살아 있음을 알리려는 목적으로. (그러나 집이나 남자 모두 여기 해당 자료를 공개할 수는 없다.) 나는 그의 눈동자에서 죽음에의 공포를 보았고 뒤늦은 책임감을 느꼈다. 그는 내 눈에 누군가의 아들로 보였다. 마지못한 질문이 오가다 보니 진짜 질문의 길이 열렸고, 나는 오랫동안 함구되던 것을 말해달라고 요구할 수 있었다(그냥 슬쩍 말을 꺼내는 것만으로 충분했다). 그러자 그는 답을 해주었는데, 그건 곧 자기 자신을 위한 일이기도 했다. 그는 또 지나가는 말로 덧붙였다. 아침에 일어나 거울을 보면, 그만 자신의 "낯짝을 쥐어 패고" 싶다고. 그제야 나는 처음으로 어떤 주인공이 가질 만한 고독과 괴로움, 그리고 반항심 넘치는 모습을 발견할 수 있었다. 늦은 밤 그가 나를 기차역으로 데려다주었을 때, 역 앞의 한 나무에는 실직한 택시 기사들이 불을 지른 포스터가 활활 타고 있었다.

그 이후로 나는 또다른 독일을 목격할 기회가 한번 더 있었다. 자치주를 거느린 연방 공화국이 아니며, 소름끼치는 제국도 아니고 조각조각 나뉜 소국들의 집합도 아니었다. 그것은 흙의 갈색이며 비의 축축함이었다. 그것은 언덕 위에 있었다. 그것은 창문이었다. 그것은 도시이며, 인적이 없고, 장중했다. 나는 기차의 차창에서 그것을 내다보았다. 그것은 강 건너편에 서 있는 집들이었다. 헤르만 렌츠의 표현에 따르면 그것은 "바로 옆 바깥"에 있었다. 그것은 유머러스하게 침묵하며 중간 감각이라고 불렸다. 그것은 "고요 속 규칙적인 형태의 침묵하는 삶"이었다. "아름다운 중앙"이며 "호흡의 전환"이었다. 그것은 수수께끼였다. 그것은 되돌아왔고, 진짜였다. 그것을 본 자는, 사건을 해결하는 형사 콜롬보처럼 자신이 영리하다고 느꼈다. 그럼에도 불구하고 최종적인 안도의 한숨은 영영 불가능하다는 것 또한, 그는 잘 알고 있었다.

팽이의 언덕

내가 세잔의 산에서 뭔가 전달할 내용을 얻은 건 분명했다. 그러나 내 대상의 법칙은, 그것의 자명하고 의무적인 형태는 무엇인가? (당연히 나는 글로써 뭔가 효력을 불러일으키고 싶었기 때문이다.)

내 글은 전문 분야에서 정보를 찾는 목적의 보고서 종류는 될 수 없었다. 내가 이상으로 삼은 글쓰기는 언제나 부드럽게 각인시키며 위안을 주는 이야기의 연속이었다.

그렇다, 나는 이야기를 하고 싶었다(그러면서 즐거운 마음으로 보고서를 연구했다). 그동안 읽거나 쓰면서, 나는 이야기의 진실은 글의 밝음임을 경험했기 때문이다. 그런 밝음 안에서 한 문장은 조용히 다른 문장으로 전환되며 진실된 그 무엇은—선행된 인식—오직 문장의 전환 속에서 부드러운 어떤 것으로 감지된다. 또한 나는 알고 있었다. 이성은 잊는다, 그러나 상상은 결코 잊지 않는다는 것을.

한동안 내 머릿속에는 몇몇 사건들, 산과 나, 그림과 나를 묘사하고 서로 연결되지 않는 파편의 형태로 나열해보려는 생각이 맴돌았다. 하지만 곧 그런 파편적 구조는 이 글을 위해서는 너무 뻔한 아이디어라는 생각이 들었다. 왜냐하면 그것은 통일성을 갈구하며 노력했지만 결국 실패하여 나온 산물이 아니라, 아예 처음부터 안전한 방법으로 선택했기 때문이다.

프란츠 그릴파르처[1]의 책 『가난한 악사Armem Spielmann』에서 다음과 같은 문장을 읽었다. "연결에 대한 욕구로 내 몸이 떨렸다." 그러자 다시 전체를 하나로 일구고자 하는 욕구를 느꼈다. 나는 연결이 가능하다는 것을 알았다. 내 인생의 매 순간은 다른 모든 순간과 함께 연결된다. 연결을 위한 보조 장치는 필요 없다. 직접적인 연결만이 존재하며, 내가 할 일은 오직 자유로운 상상뿐이다. 그리고 동시에, 이미 잘 알고 있는, 마음을 옥죄는 불안이 밀려들었다. 유추란 그처럼 쉽사리 드러나서는

---

1 Franz Grillparzer. 19세기 오스트리아의 극작가. 대표작으로 『메데이아』『금양모피』 등이 있다.

안 된다는 것을 잘 알았기 때문이다. 그것은, 매일매일 머릿속에서 들끓는 혼돈과는 반대로, 뜨거운 동요 후에야 얻는 상상의 황금 열매였으며, *진실된 비교*로서 존재하고, 그런 다음에야, 시인의 표현에 따르면, "멀리 광채를 발하는 작품의 눈부신 단층"을 형성하는 것이다. 이야기를 하나로 연결해주는 유추에 대한 장담은, 늘 주제 넘는 오만이 아니었던가?

다음 문제는 이야기의 시간적 배경이었다. 이미 나는 오래전부터, 우리가 살아가는 이 시대에는 더이상 이야기를 위한 장소가 없다고 느끼고 있었다. 그래서 팔짱을 낀 남자 이야기를 쓸 때도 나는 훨씬 더 이전인 야생의 시대로 진출해야만 했고, 그러다보니 '비행기'나 '텔레비전'과 같은 물건에서부터 벌써 실패하게 될 운명이었다. 그래서 나는 배경을 세기 전환기로 (다시) 옮기고, 주인공을 프랑스의 젊은 화가이자 작가인 모리스 드니 Maurice Denis로 삼는 것을 고려해보았다. 그는 세잔의 숭배자였고, 실제로 한번은 세잔의 자연으로 세잔을 방문한 적도 있는 인물이었다. 또한 아틀리에에 걸려 있는, 내 할아버지의 것과 흡사한 두꺼운 검은 웃옷만으로도 나는 당시의 분위기를 충분히 느낄 수 있었다.

하지만 내가 생각한 진실에 부합하려면, 주인공은 독

일어를 하는 사람이어야 하지 않았는가? 그래서 나는 두 번의 세계대전 사이, 1938년 독일에 의해 조국이 강제 합병되자 곧장 프로방스로 이주한, 장래가 촉망되는 오스트리아의 젊은 화가를 상상해보았다. 나는 이미 그 인물의 모델이 될 만한 심도 깊은 이미지를 갖고 있는 상태였다. 동부전선에서 전사한 외삼촌, 한쪽 눈이 멀었던 그가 전장에서 아주 깨끗한 필체로 써 보낸 편지를, 어린 시절의 내가 읽고 또 읽었던 것이다. 청소년기에 와서도 나는 그의 꿈을 여러 번이나 꾸었고, 바로 지금, 다시금 그가 되고 싶다는 열망이 솟아났다. 그가 되어서, 그림이 걸린 제단의 푸른 배경색을 새로이 경험하고 싶다는 열망이었다.

하지만 최종적으로 나는 결국 그것이 '내'가 될 수 있기를 희망했다(나는 지리학자인 조르거를 이미 나 자신의 내면으로 들여다놓았고, 그러므로 그는 어차피 수많은 시선으로 동행하며 계속 작동하는 중이었다). 나는 '발명'하지 말고, 가르침에 따라서, '현실화'(개별 경우에는 결국 발명도 그 안에 포함되는)해야만 했다. 또한 내 개인적인 확신은, 이야기 내면의 빛으로서 괴테의 '선한 자아'에 대한 믿음이었다. 그것은 독자를 밝히고 고양시키며 책을 읽는 동안 우선적으로 신뢰를 불러일으킨다. 그렇지 못한 글은 읽을 가치가 없다.

그런 계기로 나는 두번째 프로방스 여행을 결정했고, 그곳에서 최종적인 아이디어를 얻을 수 있으리라고 기대했다. 하지만 이번에는 절대로 혼자 가고 싶지는 않았다. 나와 함께해줄 누군가의 필요성이 나날이 커지고 있었다. 지식이 많은 이가 아니라 스스로 넘어지는 사람, 어린아이에게 질문하듯이, 그렇게 커다란 질문을 던지는 것이 가능한, 그런 사람이.

그래서 나는 엑스에서 D와 약속을 했다. D는 독일 슈바벤 지방의 작은 도시 출신이며 파리에서 옷 만드는 일을 한다. 그녀는 학교를 마친 후 곧장 파리로 갔고, 시내에 방 두 개짜리 아파트를 빌린 후 바로 옷 만드는 일을 시작하여—처음에는 상점에서 창피도 당했지만—생활비를 벌고 있다. 물론 '치과 치료가 필요한 경우'에, 그리고 다른 많은 경우에 그녀는 당연히 어린 시절의 고향으로 간다. 그녀의 부모는 '은밀한 종족'에 속하며 따라서 그녀는 처음부터, 단순한 부속물로서가 아닌 그림을 잘 알고 있었다.

그녀가 그린 의상 그림들에는, 모든 디테일 하나하나에 자신만의 고유한 아이디어가 담겨 있었다. 방 두 칸짜리 월세 아파트는 휘황한 색채의 천들이 가득한 커다란 작업 공간이기도 하다. 그녀는 내가 아는 그 어떤 사람보다도 자신의 일을 진지하게 받아들이며, 예술가들이나 가질 법한 자부심으로 넘친다. 그리고 그 일을 방해하는 사람이면 누구든지 그녀의 적이나 마찬가지다.

언젠가 한번 그녀는 '외투 중의 외투'를 꿈꾸고 있다는 말을 했다. 그리고 자신에게는 그럴만한 능력도 있다고 믿었다. 그런데 마지막으로 '연결의 문제'에 이르러서 그만 실패하고 말았다고 했다. 작가로서 나 역시 그 문제를 잘 알고 있을 거라면서(그 과정에서 그녀는 자신에 대한 '과대망상'을 상실했다는 것이다). 그러나 미완성 작품인 '외투 중의 외투'는 너무나 아름다워서, 그걸 입고 지하철을 타면 사람들의 시선이 집중되어 떠날 줄을 모른다고 했다.

또한 D는 파리에서 내게 끊임없이 전언을 보내준 사람이기도 했다. 예를 들면 "자제력으로 적을 극복하기" 또는 "섬세한 감각을 통해 타인에게 발휘되는 한 사람의 힘". 히치콕의 영화 「염소자리 아래서」를 보고 난 후 그녀는 조지프 코튼의 입술이 "얼굴에 고요히" 자리잡고 있다고 말했다. 그리고 오즈 야스지로[2]의 영화를 보고서는, 발톱을 자를 때 밑에 신문지를 펼쳐놓았다. 일본 거장의 영화에 자꾸만 등장하는 주인공도 똑같이 하기 때문이다.

D에게는 여성스럽거나 모성적인 면이 조금도 없었다. 아이 같고, 남성 같고, 어린 소녀 같았으며, 사람들이 그녀에게 자신의 이야기를 하도록 시키면, 그 어떤 주인보다 더 많은 것을 알고 있는 노예를 연상시켰다. 나는 렘브란트의 그림「천사와 씨름하는 야곱」에서 그녀의 얼굴을 발견한 적이 있다. 그녀는 창세기에서 단지 '어떤 이'라고 명명된 천사였다. 가까이 다가가보면, 자기가 없이 악마적이고 사악한 내면의 공허를 누설해버리는 사람들이 아주 많다. 하지만 D는 한 번도 속을 드러내 보이지 않았다. 아예 낯선 이와의 접촉 자체를 거의 참아내지 못했다. 그러나 한번은, 남자친구가 필요하다면 그 이유는 무엇일지 묻는 내 질문에 이렇게 대답을 했다. "말이 주는 위안만으로는 너무 부족하니까."

그녀의 눈동자는 밝은색이고 동그란 고리 모양으로 둘러싸여 있다. 내가 아팠을 때 그녀는 집으로 와서, 동정심이라고는 하나 없는 냉정한 시선으로 나를 빤히 쳐다보았다. 참다못한 내가 결국 그녀를 쫓아낼 때까지.

---

2 小津安二郎, 일본의 영화감독.

평소에도 그녀는 땅 위를 걸어다니는 털이 부스스한 새를 연상시켰다. 그녀는 몸짓으로 표현하는 법이 없었고, 표정도 거의 짓지 않았다. 완벽하게 가만히 있거나, 아니면 그냥 움직일 뿐이었다(그것도 아주 엉성하게). 반면에 정신은 아주 활짝 깨어 있었다. 공허한 모습은 단 한 순간도 없었다. 그녀가 거기 있다는 것은, 함께 생각하고 있다는 의미이고, 함께 생각하는 자로서 그녀는 볼테르가 말한 "좋은 벗"이었다. "그는 학자들을 경멸했고 오직 좋은 벗들과만 지내기를 원했다."

또한 D는 사람을 거의 만나지 않았다. 사람을 만나면 움츠러들면서 살짝 당황했다. 그녀의 능력은 혼자일 때 최고로 발휘되었다. 작업을 할 때, 혹은 어둠이 내린 파리 거리의 어느 모퉁이를 돌 때. 그런 순간 때때로 하나의 손이 그녀의 머리 위로 내려와 앉는다고 했다(이미 어린 시절부터 부모님은 그녀의 머리와 "사랑에 빠졌다"고 했다).

그녀는 대체로 입을 다물고 있는 편이었다(어쩌다가 중간중간 말을 많이 하거나 감동이나 충격의 표시로 이상한 소리를 토해내기도 했지만). 그리고—이런 여성은 드물까?—잘 걸었다. 우리는 이미 파리와 베르사유 사이, 가지를 널따랗게 펼친 검은 삼나무가 여기저기 서 있는 활엽수 숲을 자주 걸어다녔다.

어느덧 겨울이 다가와 있었다. 그때 나는 막 한 친구의 죽음을 지켜본 다음이었으므로 나 자신이 살아 있음에 새삼 기쁨을 느꼈다. 자신을 "고통을 경험한 최초의 인간"으로 간주했던 그는, 최후의 순간까지도 죽음에서 벗어나기를 원했다. 나는 삶의 모든 것을 감사히 받아들였고 "건강한 나날을 기쁨으로 활용하자"고 결심했다.

공항에서의 어느 순간, 사람들이 장중한 어둠 속에 서 있었다. 통상적인 지옥의 흔적이 없는, 그늘진 얼굴. 한때 내가 잘 알았던 이의 이름이 불리자, 나는 이전에 알았던 그 모든 사람을 오직 인터내셔널 스피커에서 흘러나오는 이름으로만 만났던 것은 아닐까 하는 의심이 들었다.

비행기가 마르세유에서 착륙을 시작하자, 생트빅투아르산이 고래처럼 북쪽 지평선 아래로 모습을 감추었다. 미라보 거리의 플라타너스는 대부분 잎이 다 떨어져서 가로수길에는 희고 창백한 뼈대만이 줄지어 서 있는 형국이었다. 여름 엑스 거리의 화려함은 이제 축축하고 앙상한 회색빛 파리 도로망의 일부처럼 변했다. 우리는 옛날 책에서 나오는 표현대로 '편안한 방 두 개'를 빌렸다. 나는 속이 들여다보이지 않는 D의 밝은 눈동자를 바라보았다. 그녀는 이미 제대로 된 신발을 신고 있었고, 바로 다음날 아침 우리는 동쪽으로 길을 떠났다.

어떻게든 연결고리를 찾아내고 싶다는 내 욕망은, 특별한 발자취에 대한 모종의 의무감으로 형상화되었다. 그것이 무엇을 향하고 있는지, 얼마나 계속 앞으로 진행될지 전혀 모르는 채로. 결국 그 발자취가 나의 강박이 될 때까지 앞서 몇 달 동안 내내 세잔의 산 그림을 볼 때마다 나는 그 발자취를 따라나서겠다는 생각이 확고해졌다.

　세 개의 봉우리가 모여 있는 산의 서쪽에는, 지질 단면에 지층과 습곡이 보인다. 나는 화가의 어린 시절 친구 중 한 명이 마리온이라는 지질학자였으며 나중에 자연 속으로 모티프를 찾아나선 세잔과 여러 번이나 동행했다고 읽었다. 산의 해당 지역 지도와 그에 따른 설명서를 연구하는 동안, 시간이 갈수록 무의식적이고 설명할 수 없는 상상이 하나의 동일한 지점을 중심으로 끊임없이 맴돌았다. 각각 다른 종류의 암석으로 이루어진 두 지층 사이의 파열면. 이것은 서쪽에서 상층부 주능선으로 올라가는 다소 완만한 오르막 경로에 있으며, 한 지층이 다른 지층으로 침투해들어간 가장 바깥 경계면에 추가적으로 능선까지 교차하고 있으므로 진짜 '핵심'이 된다. 자연에서 육안으로는 전혀 확인할 수 없지만, 이 지점은 화가의 그림에서 크고 작은 그림자 띠의 형태로 빈번하게 나타난다. 심지어는 연필 스케치에서도 이 만곡 부위는 가는 빗금으로 표시되거나 최소한 섬세한 윤곽으로라도 처리된다.

다른 무엇보다도 바로 이 지점이—이 책의 작업이 임박한 시점에서—나를 두번째 프로방스 여행으로 이끌었다. 나는 그 지점이 내게 열쇠가 될 것으로 기대했다. 비록 내 이성은 말렸지만, 나는 상상이 항상 옳다는 것을 알았다. 그리하여 엑스에서, 나는 앞으로 가게 될 길이 마냥 기쁘기만 했다.

우리는 노선버스를 타고 수도교까지 갔다가, 거기서부터 비베뮈 길Chemin de Bibémus을 걸어서 마랭 고원Plateau du marin이라 불리는 황무지 고원으로 올라갔다. 거기서 첫눈에 보이는 생트빅투아르산은, 저 뒤편 가시투성이 히스들판 위로 마치 표석처럼 솟아 있었다. 이 길은 세잔의 루트보다 더 고적했다. 마을 하나도 지나치는 법 없이 오직 산 위로만 이어졌으며, 곧 아스팔트도 자동차도 모습을 감추었다.

시내에서는 아침에 비가 내렸고 구름으로 덮인 하늘이었으나 고원 위로 올라서자 드넓은 하늘이 금세 푸른 빛 가득하게 열렸다. 우리는 소나무들이 듬성듬성 서 있는 숲으로 들어갔다. 모든 방향으로 반짝이는 바늘잎들이 내리비치는 태양빛의 무늬를 만들어내고 있었다. 얼마 후 나는 D에게, '외투 중의 외투'를 만들면서 어쩌다가 그녀의 '과대망상'을 상실하게 된 건지, 조심스럽게 물어보았다. 그녀가 대답했다. "그거 다시 찾았어."

고원으로 올라오는 길에는 잎이 다 떨어진 떡갈나무들이 있었으나, 이제 온화한 공기 속에서 보이는 것은 오직 사시사철 초록인 소나무, 그리고 계절과 상관없이 항상 광채를 머금은 지평선의 산뿐이었다. 가지들이 서로 스치며 내는 소리가 한여름의 매미 울음을 대체하고 있었다. 샛길 끝에서 다시 모습을 드러낸 흑백의 까치도 종이비행기처럼 움직였다. 시간이 지나면서 고원에는 정적이 흘렀고, 다양한 층위에서 발생하는 작은 소음들이 마치 일제히 울리는 종소리처럼 느껴졌다. 벌어진 얇은 겹 사이로 솔방울의 어두컴컴한 내부를 들여다보는 시선은 동시에 저 높은 곳에서 층을 이루며 흘러가는 새털구름 속 새파란 틈새를 올려다보았으며, 새의 소리를 생각하는 생각이 곧 소리 자체가 되었다.

우리는 달리기하는 사람들과 사냥꾼, 군인들과 마주쳤다. 그들은 모두 이 장소에 합당하게 어울려 보였다. 외인부대의 개는 더이상 없었다. 혹은 진흙덩어리가 되어 우묵한 골짜기에 누워 있었다. 모퉁이를 돌며 커브를 그리는 오르막과 내리막이 번갈아가며 나타났다. 고원은 "수평으로 뻗어 있는"(세잔의 그림을 보고 사람들이 묘사했듯이) 것이 아니라, 협곡과 함몰이 이리저리 교차하는 형태였다. 이 땅의 아주 사소한 것까지도 몽땅 다 알고 있다는 자만심에 나는 특히 지름길을 찾는 데 열중했고, 그 결과 우리는 최소 두 번은 방향을 잃고 헤맸으며, 서로 떨어져서 맞는 길을 찾다가 그만 각자 다른 언덕 위에서 바보들처럼 서로를 바라본 적도 있었다.

우리는 정상에 올라갈 생각은 전혀 없었다. 그러나 결정을 내리지 못한 상태로 계속해서 산을 오르다가, 결국 정상에까지 이르고 말았다. 여름처럼 바람이 많이 불었고, 그때보다 더 춥지도, 덥지도 않았다. 늦은 오후에 르톨로네 마을에 도착한 우리는, 만족스러운 피곤을 느끼며 토메휴게소, 일명 황금별식당alias L'Etoile d'Or에 들어갔다. 그저 배고프다고 말할 수 있다는 게 얼마나 행복한 일인지.

시선은 우리가 방금 전까지 있었던 산으로 향했다.

그 앞쪽에는 나지막한 구릉들이 이어졌는데, 그중 한 지점이 움푹 파인 채 꺼져 있었다. 구릉의 일부는 산불 때문에 앙상하게 헐벗었다. 비탈에는 덤불 하나도 자라지 않았고, 비는 맨살이 드러난 붉은 이회토에 깊은 고랑을 파놓았다. 고랑은 거의 평지에 가까운 비탈을 종잡을 수 없이 어수선하게 사방으로 가로질렀다. 흐르는 물에 실려온 토양이 여기저기 눈에 띄는 탑과 피라미드 모양을 쌓아놓았는데, 그 꼭대기에는 푸르스름한 색의 큼직한 바위들이 올라앉았다. 아무 곳으로도 흘러들어가지 않는 수로가 종횡무진 파여 있는 그 앙상하게 헐벗은 지역은, 사우스다코타의 광대한 휴경지를 그대로 축소해놓은 듯 보였다. 많은 서부영화의 배경이 된 그 땅에 방랑자들은 배드랜드badlands, 불모지라는 이름을 붙였다. 산불의 영향을 받지 않은 언덕의 다른 쪽 비탈은 소나무로 덮였다. 완벽한 층을 이룬 가지와 가지가 완전한 골조처럼 차곡차곡 덮이는 형태로 언덕 꼭대기까지 빼곡히 서있었다. D는 나와 그 풍경 사이에 앉아 있었다. 여러 가지 다른 색의 천을 서로 기워 만든, 원피스이면서 동시에 외투인 옷을 입고서.

그제야 나는, 오랫동안 머릿속을 맴돌던 지점이 뒤늦게 떠올랐다. 나는 산등성이를 올려다보며 파열면을 찾아보았다. 육안으로는 보이지 않았지만, 그 지점에 해당하는 산봉우리에 송전탑이 있으니 식별은 가능했다. 그곳은 따로 지명까지 있었다. 파드레스칼레트Pas de l'Escalette. 그리고 아래쪽 더 완만한 충적지에는 버려진 작은 오두막이 있는데 지도의 표시에 따르면 세잔의 오두막Cabanne de Cézanne이라고 했다.

뭔가가 느려졌다. 파열면을 오래 바라보면 볼수록, 나는 점점 더 확신을 느꼈다. 해답에 대한? 인식에 대한? 발견에 대한? 결론을 얻었다는? 궁극의 그 무엇을? 멀리 산능선의 파열면은 어느덧 내 안에서 서서히 자리 잡았고, 중심축이 되었다.

처음에 그것은 죽음에 대한 두려움이었다. 마치 나 자신이 두 바위층 사이에 눌려 있는 것 같았다. 그리고 다시 그것은, 만약 내게 일어난 일이라면, 열려 있음이었다. 만약 일어난 일이라면, *하나의* 호흡이었다(그리고 금세 다시 잊힐 수 있었다). 언덕 위 하늘의 푸른빛이 *따뜻해졌고* 비어 있는 땅의 붉은 이회토 모래는 *뜨거워졌다*. 그 바로 옆 숲에는 소나무들이 풍성한 초록의 향연을 펼치고 있으며, 널리 펼쳐진 구릉 주거지의 창들이 나뭇가지 사이를 가로지르는 짙은 그늘의 띠를 형성했다. 이제 숲의 나무들이 하나하나 전부 보였으며, 영원한 팽이처럼, 나무들은 선 채로 회전하고 있었다. 그와 더불어 숲 전체 (그리고 거대한 주거지) 역시 회전하면서 서 있었다. 그 뒤로는 생트빅투아르산의 입증된 윤곽이, 앞에는 자신의 색채를 입은 D가 마음을 진정시키는 인간의 형상으로(나는 일순 그녀를 '지빠귀'라고 생각했다) 있었다.

그 누구도 흥분하지 않았고, 팔을 휘젓지도 않았다. 그러나 그것은 정말 대단했다. 누군가는 두 손을 모아 불손한 모양으로 주먹을 만들었다. 나는 쿠데타를 감행하고, 전부를 걸 것이다! 나는 말의 왕국이 내 앞에 열려 있음을 보았다. *위대한 형체의 정신과 함께.* 은신의 베일에 둘러싸여. 침해할 수 없는 막간의 시간으로. 철학자가 정의한 기간인, '존재의 불확실한 지속'을 위해. 나는 더이상 '독자'를 생각하지 않았다. 사납게 들끓는 감사를 느끼며, 시선을 바닥으로 향할 뿐이었다. 흑백 석재 모자이크. 휴게소 2층으로 향하는 계단 난간에는 파란색 풍선 하나가 묶여 있었다. 야외 테이블 위에는 밝은 빨간색 에나멜 항아리가 놓여 있었다. 멀리 철학자의 고원 위 대기는 유난히 싱그러운 파랑인데, 그것은 특히 세잔이 그 지역을 그릴 때 자주 사용한 색이었다. 마치 끊임없이 움직이는 커튼처럼, 구름 그림자가 산 경사면

위로 날아갔다. 그리고 마지막으로 (12월 중순의 이른 일몰) 산 전체가 노란 광채 속에 잠겼다. 유리처럼, 하지만 어떤 다른 산처럼, 귀향을 방해하는 법 없이. 그리고 나는 이 모든 것의 구조를 내면의 무기처럼 느꼈다. 해냈다! 하고 나는 생각했다. 글 전체가 이미 행복하게 완성되기라도 한 것처럼. 그리고 웃었다.

D는 다시 한번 더 생각해보았고, 그래서 연결 및 전달 문제에 관한 나의 질문에 즉시 대답해줄 수 있었다. 그녀는 심지어 외투를 만들려고 준비해둔 여러 직물 견본(금란, 공단, 문직물)을 일부러 가져오기까지 했다.

"외투 이야기를 해줄게. 그 시작은, 내가 궁리해낸 것을 위대한 아이디어라고 부르면서부터야. 외투는 그것을 물화物化시키는 작업이었고."

"나는 한쪽 소매부터 만들기 시작했어. 그리고 즉시 난관에 부딪혔지. 부들부들하고 흐늘거리는 재료로 내가 원하는 불룩하게 고정되는 모양을 만들어야 했으니까. 그래서 재료들을 두꺼운 양모 위에 덧대어 작업하기로 결정했어."

"소매가 완성되었어. 내게는 너무도 귀하고 아름답게 보였기 때문에, 외투의 다른 부분을 만드는 데 이와 똑같은 힘을 쓸 여력이 없음을 알았어.”

“나는 내 아이디어를 생각해보았어. 경직된 것이 돌연 부드러운 성질로 변하는 순간, 하나의 상태가 다른 하나의 상태로 전환되는 방식을.”

“만들기 시작한 외투를 나는 매일 한두 시간씩 바라보았어. 각 부위를 내 아이디어와 비교해보고, 작업을 계속하자고 생각했어.”

“상체가 완성되었어. 그런데 하체 부위와의 맥락을 그만 상실해버린 거야. 나는 상체와의 연관성이 없어진 조각들을 따로 기웠지. 그 일은 힘들었어, 서로 이어붙인 얇지만 튼튼한 천조각들 무게 때문에. 재봉틀을 돌릴 때 미끄러지면 안 되니 그것을 높이 쳐들고 있어야 했거든.”

“그렇게 만들어진 각 부위들을 눈앞에 나란히 놓고 살펴보니, 서로가 조금도 어울리지 않았어. 하지만 나는 그대로 기다려보기로 했어. 어느 날 갑자기 어떤 그림이 눈앞에 떠오르기를 말이야.”

“그렇게 바라보면서 이것저것 궁리하는 동안 나는 신체적으로 허약하고 무능해지는 느낌이었어. 그래서 위대한 아이디어에만 너무 몰두하지는 말자고 결심했지.”

“그런 와중에 중국 지붕 구조의 도해와 설계도가 흥미

롭게 다가왔어. 올바른 연결을 통해서 무게를 경감시키는 문제도 그렇고. 나는 모든 일에는 중간의 영역이 있음을 알아차렸지."

"한참 지난 다음에, 나는 많은 고민을 하지 않고 완성된 부위들을 서로 이어붙였어. 그리고 스커트 부위의 한 지점에, 안쪽으로 둥그런 곡선을 넣어준 거야. 확신이 들면서 나는 흥분했지."

"나는 외투를 벽에 걸었어. 매일 외투를 살펴보면서, 그것을 존중하기 시작했어. 그건 내가 가진 그 어떤 옷보다도 훌륭했지만, 완벽하지는 않았어."

"드레스를 만들 때 한 번이라도 사용한 모든 양식은, 나중 작업을 위해서 전부 기억해두어야 해. 하지만 그걸 내면까지 그대로 가져다 인용하면 안 돼. 진행을 계속하면서 동시에 최종적인 색상을, 즉시 볼 줄 알아야만 해. 어쨌든 올바른 색상은 오직 하나뿐이고, 형체가 색상의 양을 결정하면서 전환의 문제를 해결해야만 하지."

"나에게 전환이란 명확하게 분리되면서 동시에 서로의 내부로 얽혀 있어야만 하는 거야."

커 다 란 숲

빈의 미술사박물관에는 야코프 판 라위스달Jakob van Ruisdael
의 그림 「커다란 숲」이 걸려 있다. 튼튼한 떡갈나무 줄기
가 보이는 널따란 활엽수림을 그린 것인데 그중에서도
눈에 띄는 것은 화가의 작품에 빈번하게 등장하는 자작
나무의 흰빛이다. 또 그림 전경의, 어두운 거울 같은 수면
도 라위스달의 친숙한 주제다. 그것은 걸어서 건널 만큼
작은 시내인데, 바닥의 수레가 지나간 흔적까지 그대로
비쳐 보일 정도로 얕다. 이후 수레 자국은 노란 모래땅에
서 왼쪽으로 방향을 튼 다음 계속 이어져 숲 구역으로 진
입한다. 아마도 그림의 제목은 그림 자체의 크기 때문에
붙여진 것 같다. 눈에 보이는 숲은 작기 때문이다. 시내
바로 뒤편으로 평지가 시작되는데 그 또한 평화롭게 채
워져 있다. 앞쪽에는 모자를 쓰고 지팡이를 든 방랑자가
꾸러미를 내려놓고 길가에 앉아 있다. 뒤쪽에는 가벼운

옷차림으로 산책길에 나선 남녀 한 쌍이, 길모퉁이를 돌아 이쪽으로 걸어온다. 그들의 손에는 우산 하나가 들려 있다(하늘에는 밝은 회색빛의 구름이 떠 있다). 그러나 어쩌면 이 그림은 실제로 '커다란 숲'의 일부를 그린 것일지도 모른다. 시선이 숲의 외부가 아니라, 이미 숲 안에 들어와 있는 것이다. 방랑을 하다보면 자연스러운 일이지만, 숲 안쪽으로 처음 들어선 순간 시선은 다시 한번 더 뒤를 향하게 된다. 17세기 네덜란드의 전원 풍경(의 특수성) 덕분에 공간의 넓이가 더욱 극대화된다. 아무리 작은 크기의 그림이라 해도, 수면, 모래길, 짙은 나뭇잎 (넓게 그려진 하늘 아래) 등을 한참 바라보고 있으면 서서히 자라나는 것이다. 서 있는 나무들은 성장하는 것이 눈에 보일 정도이며, 나무와 함께 사방에 퍼져 있는 잔잔한 황혼 또한 자라난다. 심지어 멈추어 선 두 명의 말 탄 사람조차 마찬가지다. 그들 역시 서 있고, 자라난다.

　바로 그런 숲 하나가 잘츠부르크 인근에 있다. 오늘날처럼 도시를 대표하는 숲도 아니고 숲들의 숲이라고 할 수도 없지만, 그래도 정말로 멋진 숲이다. 숲은 그 동쪽 가장자리에 있는 마을 이름을 따서 모르츠그_{Morzg}라고 한다. 숲으로 가는 길은 묀히스베르크와 페스퉁스베르크 사이의, 산등성이 사잇길과 비슷하게 생긴 분지,

일명 샤르텐문Schartentor이라 불리는 장소에서 시작한다. 그곳은 운터스베르크 아래까지 뻗어 있는 촌락을 포함한 남쪽 평원 구역과 도시 내부를 가르는 분기점을 형성한다. 아치형 입구에서 이미 숲이 보인다. 곁에서 보기에도 키 큰 나무들이 있는 숲은 평원을 동쪽에서 서쪽으로, 두 개의 봉우리가 솟아오른 헬브룬 바위 언덕 앞까지 가로지른다. 숲까지는 걸어서 한 시간이 채 걸리지 않지만, 도시에서 바라보는 숲은 머나먼 연한 푸른 빛에 잠겨 있다. 마치 그 사이에 강물이라도 흐르는 것처럼(실제로 잘차흐강이 동쪽으로 흐르고 있다). 콘크리트 포장도로가 이리저리 나 있고 발소리가 높게 울리는 도시의 풀밭 하나를 지나면, 한가운데에 과거 '목초지 경비소'라고 불리던 건물이 홀로 서 있다. 저녁이면 창문 중 하나에서 거의 알아보기 힘든 불빛이 어른거리고 소리 없는 노래가 흘러나오는 곳이다. 연달아 설치된 세 개의 신호등이 순차적으로 정지 신호를 보내는 우회도로를 건너면 이미 조용한 구역으로 접어든다(투메거구 Thumeggerbezirk). 이곳에 도회적인 풍경은 전혀 없고 목적지에 닿을 때까지 상점 진열창에 시선을 뺏길 일도 없다. 길 옆으로는 작은 개울이 반대 방향으로 흐른다. 실제로는 운하의 한 지류인 시냇물 수면의 광채가 불현듯

확장될 때마다 뭔가 특정할 수 없는 어떤 기억을 상기시키곤 한다. 여기 나무들은 대부분 자작나무인데, 자연 그대로 자라난 형상 덕분에 마치 멀리 동유럽 어딘가에 서 있는 듯한 분위기를 자아낸다. 연한 붉은색 버들 덤불 사이로 스미는 햇살 무늬는 팔이 많이 달린 샹들리에처럼 어지럽게 흔들린다.

갑자기 평지의 길이 살짝 오르막으로 변한다. 자전거 타는 사람이 순간적으로 안장 위에서 몸을 들어올려야 할, 딱 그만큼의 경사다. 그리고 길은 또다른 평지로 이어진다. 겨우 몇 미터 높이 차이로 고원이 만들어진다. 이곳의 풀밭은 더이상 도시의 풀밭이 아니라, 농가가 드문드문 흩어진 탁 트인 들판이다. 이제는 저멀리 배경에 솟아 있는 운터스베르크에서 내려오는 바람을 느낄 수도 있다(돌아오는 길, 거의 비슷한 고도인데도 바람 한 점 없이 갑자기 훅 밀려오던 바로 그 뜨끈한 공기보다 더욱 확실하게). 그리 멀지 않은 산기슭의 습지에서 피어오른 연무가 안개로 짙어지면, 무성한 나무의 우듬지가 그 위로 꽃처럼 솟아난다. 풀밭 앞쪽의 토양도 습지 진흙이다. 두더지가 파놓은 흙더미는 검다(그 안에 점점이 박힌 돌은 희다). 이곳 농가의 닭들이 바람에 목덜미의 털을 곤두세운 채 땅을 파헤치고 있다. 작은 운하 하나가 콘크리트 수로 속

을 흐르며 길을 가로지른다. 그 위에 놓인 석회암덩어리
가, 마치 다리처럼 길을 다음 촌락으로 이어준다.

　이곳의 특징은 촌락 입구에 서 있는, 바람에 휜 두 그
루의 거대한 소나무다. 길가가 아니라 아스팔트 한가운
데에 작은 나무섬처럼 자리잡고, 저멀리 길 끝에 보이는
소나무 행렬의 전초병으로, 종종 과도하게 환한 반사광
속에 서 있는 것이다. 많은 집의 유리창을 통해 텅 빈 오
지의 내부가 들여다보인다. 이 촌락에서 유일하게 도회
적인 것은, 그곳에 붙어 있는 '가세gasse'라는 이름뿐이다.
하지만 그렇다고 시골의 모습이 있는 것도 아니다. 길가
에 두 줄로 늘어선 집들은 휴경지 내부로 곧장 돌진해들
어가는 모양새다. 건물은 낮고, 서로 확연히 다른 색상들
이며, 상당 부분이 목재다. 돋을새김 모양의 산울타리 나
무들이 거의 모든 곳에 퍼져 있다. 길고 똑바로 난 이 타
욱스가세는 정원의 검은 툰트라토와 집집마다 서로 다른
언어로 말하는 듯한 분위기 때문에 '북부의 개척자 거리'
를 연상시킨다. 그 거리의 말뚝에 묶여 끙끙대며 울부짖
는 개들 대신에, 이곳에는 셀 수도 없이 많은 고양이들이
늘어선 집과 집 사이를 소리 없이 돌아다닐 뿐이다.

　길 끝에 이르자, 줄지어 선 소나무들이 향하는 곳은 묘
지의 입구임이 밝혀진다. 그 앞 술집에서는 간혹 취객들

이 쫓겨나다시피 밖으로 나오는데, 한동안 문 앞에서 버티며 반항적으로 고래고래 노래를 부르다가 어느 순간 갑자기 입을 다물고는 하나둘 자리를 뜬다. 묘지는 매우 크며, 여러 개의 평행한 길들이 남쪽으로 나 있다. 십자가에 못박힌 사람의 동상이, 그 어떤 그림에도 없는, 옆모습을 먼저 보이는 자세로 묘지 위에 우뚝 솟아 있다. 모든 길은 긴 산책로이며, 아치형 출구 너머로는 모르츠그로 들어서는 들판이 초록빛으로 어른거린다. 간혹 장례 행렬이 느리게 지나간다. 종소리가 울리는 가운데 관 뒤를 지나가는 낯선 이들은, 잠시 동안 망자의 혈육이 된다.

모르츠그숲 앞의 들판은 여기까지 오면서 마주친 세번째 들판이다. 도시형 풀밭이라고는 할 수 없고, 그렇다고 농업적으로 활용되는 초원도 아니다. 나무도 거의 없는 드넓기만 한 평원인데, 최근에 육지로 변한 호수를 떠올리게 한다. 바람이 많이 불고, 온화한 묘지의 공기를 지나온 다음이라 겨울처럼 차갑게 느껴진다. 평원 일부는 스포츠 경기장으로 활용되며, 우연히 이곳을 지나가던 사람이 심판을 봐달라고 불려가는 경우도 있다. 이곳의 아이들은 다른 어느 곳의 아이들보다도 붙임성이 좋으며, 처음 보는 어른에게도, "오늘 참 춥네요, 그렇죠?" 하는 식의 날씨 이야기로 말을 걸며 대화로 끌어들인다.

어느 지점에서는, 말 사육장의 긴 나무 기둥이 안개 속에서 하염없이 뻗어나가며, 마치 일본식 미닫이문을 통해 보는 듯한 풍경을 만들어낸다. 외따로 떨어진 옛날 농가 한 채가 보존되어 있는데, 심지어는 과거의 형태를 그대로, 우물, 가축의 물먹이통, 돌 벤치, 원뿔 모양으로 쌓은 대량의 장작까지 전부 재현해놓았다. 하지만 그 어디에도 더이상 농가 안마당이라고 할 만한 공간은 없다. 이 지점에 이르러서야 숲이 다시 시야에 들어온다. 근접한 갈색(어스름 속에서는 잉크빛)이며 거의 지평선 전체를 다 차지하는, 그러면서 동시에 폭이 좁아, 어느 자리에 있어도 최소한 숲의 반대편이 보인다. 숲의 오른편 위로는 하늘 높이 솟은 운터스베르크 정상의 석회질 피라미드 끄트머리, 왼쪽 더 먼 배경의 암초산은, 표면에 파인 규칙적인 홈 때문에 아지랑이 속에서 거대한 가리비처럼 반짝거린다. 길은 이제 숲으로 곧장 연결된다. 길가의 초지는 대규모 벌목지로서, 이미 숲의 일부인 셈이다.

숲이 본격적으로 시작되는 지점은(파수막 옆) 아주 가벼운 바람에도 함께 따라서 흔들리는 노란색 꽃이 핀 개암나무 덤불이다. 숲 안내도 위의 빗물이 그렇듯, 촘촘하게 평행으로 떨어져내리는 고운 빗금을 연상시킨다. 숲의 수종은 톱니처럼 서로 맞물린 형태의 짙은 색을 띤 가문비나무들로, 톱니 하나하나가—그리하여 숲 전체도—금방이라도 바퀴의 회전을 시작할 듯이 보인다.

숲으로 들어서는 길은 널따랗고 곧아서, 진짜 정문을 통과하는 것 같다. 경계를 넘어설 때의 느낌은 어떤 의도도 없이 지속되는 평온이다. 내부로 들어서자, 밖에서 볼 때는 평원처럼 뻗어 있던 숲이 동쪽으로 향하는 자그마한 구릉 자락을 숨기고 있음이 밝혀진다(숲 앞쪽 들판에서는 눈이 내려서 오르막 바닥이 환하게 보일 때만 구릉을 알아볼 수가 있다). 잘츠부르크의 주민이라면 누구나 뒤쪽의 헬브룬언덕을 안다. 언덕 아래에 있는 공원과 성은 주민들이 자주 찾는 소풍 장소이기도 하다. 하지만 정작 그 사이에 있는 모르츠그숲은 아는 이가 별로 없다. 게다가 그 숲이 부분적으로 바위 능선 위에 자리잡고 있다는 것은 거의 알려지지 않았다. 실질적 용도에 따라 만들어진 운반로와 어수선한 소로小路만이 숲을 가로지를 뿐 산책객들도 찾아보기 힘들다. 기껏해야 숨을 헐떡이면서 달리기하는 사람을 하나 만났을 뿐인데, 한 걸음 뛸 때마다 그의 얼굴 피부가 마치 두 겹의 가면처럼, 죽음과 삶을 오가며 펄떡거린다. 포탄이 떨어져 움푹 파인 커다란 깔때기 모양 구덩이의 판자벽에는, 설치류 동물이 파놓은 듯한 구멍이 딱 얼굴 크기로 뚫려 있는 것이 또다른 유형의 가면처럼 보인다. 그런데 처음에는 단순히 나무판자라고 생각했던 것이 가까이 다가가 바로 눈앞에서 보자 사격판으로 밝혀진다. 그리고 그 앞에 놓인 휴식용 벤치라고 생각한 것은 사실 사격대다. 이 모르츠그 구릉은 문명화된 헬브룬 바위산과 생성 과정에서 밀접한 연관이 있다. 헬브룬과 마찬가지로 구릉 역시, 빙하가 녹은 강이 흘려보낸 자갈덩어리가 가르다호수만한 크기의 호수 바닥에 침전되었다가 석회질 물과 함께 굳어서 오늘날의 바위 능선을 이룬 것이다. 물론 이것은 헬브룬 바위산(아마도 5층 건물 높이)보다 훨씬 낮으며, 보통 한 블록을 넘지 않는 길이다. 구조적으로 표현하면 이 구릉은 잘츠부르크시 남쪽에 세워진, 완만하게 올라갔다 급격하게(심지어 가장 꼭대기에는 조그맣지만 험준한 바위 장벽이 설치된 모양으로) 하강하는 요새와 같다고 할 수 있다.

길에서 보면 구릉의 서쪽 끝자락이 가장 먼저 눈에 들어온다. 거기서부터 곧장, 가문비나무 군락지 속에 들어앉은 색채의 덩어리인 양, 아카시아와 오리나무, 서어나무 등이 어우러진 공원같이 환한 구역이 시작되고, 그 사이로는 구릉 위를 향하는 여러 갈래 길이 나 있다. 여기에서 유일한 침엽수는 낙엽송이며 그 아래에는 유난히 무성하고도 부드러운 풀들이 자란다. 거대한 너도밤나무 한 그루가 잎새들로 이루어진 이 숲의 '선조 나무'인 듯 서 있다. 그 뿌리에는 오래된 경계석이 있는데, 바위 측면을 따라 뿌리가 아래로 떨어지며 옹이로 바위를 둘러싸고 완전히 집어삼킬 것처럼 자라 있다. 그 뒤 경계석과 바로 맞닿아서는 두터운 나뭇잎 층 아래 숨겨진 물웅덩이가 있다. 자세히 보지 않으면 우연히 그 자리에 빗물이 고인 것으로 생각하기 쉽다. 거의 감지하기 힘들만큼 부드럽고 걸쭉하게 바닥에 고인 물은 맑으며, 거무스름하게 쌓인 나뭇잎을 통과하여 지하 깊은 곳에서 솟아나오므로 마시는 데는 문제가 없다(비상시를 위한 비밀의 공급처인 셈이다). 이미 그곳으로 향하는 길 풀숲 아래 돌들이 도로의 포석처럼 규칙적으로 둥글고 촘촘히 놓인 것이 눈에 들어온다. 색이 다양한 돌들은 전부 표면에 이끼 얼룩으로 확연한 상형문자가 부식되어 새겨져 있으며, 다들 너무도 판이하게 다른 모양이라서 마치 멀리 떨어진 다른 대륙에서 전래된 것처럼 보인다. 작고 빨간 종 모양의 돌은 지구상에서 가장 큰 단일 암석인 오스트레일리아의 에어즈 록의 축소형이다. 또다른 돌에는 인디언의 사냥 전설이 있다. 황혼의 어스름 속에서 식물들이 저 너머로 사라져가면, 이 돌들은 비밀의 문자로 자신을 드러내며 흐릿한 백색의 빛을 뿜는 로마의 도로가 되어 숲 안쪽으로 향한다.

구릉을 오를수록 길은 비포장으로 바뀌며 로마 도로는 어느덧 수레바퀴 자국이 난 움푹한 길로 변한다. 마을 아이들이 진흙을 뭉치며 놀았던 자리는, 그사이 말라 버렸던 진흙 공이 생명의 습기를 호흡하며 다시금 신선한 비 냄새를 풍기고 있다. 위를 올려다보면 낙엽송 나무에 앉은 한 마리 새를 발견할 때가 있는데, 비록 크기는 작더라도 이 수종의 가느다란 가지 사이에 있으니 특이하게도 윤곽이 단단해 보인다. 동서 방향을 나타내는 나무줄기의 녹슨 듯 거무스름한 갈색 기후면[1]은 눈보라가 지나간 후에도 한참 동안이나 흰색으로 남아 있어서, 마치 자작나무 숲에 들어선 듯하다. 비 내리는 날, 코끼리 다리처럼 표면이 갈라진 너도밤나무 몸통보다 더 검은 것은 없다.

계절과 상관없이 일 년 내내 가을 낙엽이 내려와 쌓이는 우묵한 숲길은 나뭇더미 앞에서 끝난다. 그 뒤에는 동굴처럼 캄캄하고 빽빽하게 우거진 산림이 시작된다.

---

[1] 나무나 건물과 같은 야외의 사물에서 바람이나 강우 등 기후에 가장 크게 노출되는 면.

물론 규모가 작은 숲에서 하나의 심연이 되는 유일한 장소이기는 하다. 어둠의 벙커는 발걸음을 유혹한다. 그러나 어린아이라 할지라도 빼곡한 울타리처럼 촘촘히 자라난 이 나무들을 뚫고 지나가지는 못한다. 게다가 그 앞쪽에는 셀 수도 없이 많은 오리나무까지 땅에서 불쑥불쑥 솟아 있는 형편이다. 뻗어나온 잔가지도 없이, 오직 맨몸으로 이리저리 가로지르는 막대기처럼(폭풍에 뿌리까지는 뽑혀나가지 않고 한가운데가 부러져버린 상태). 그것들은 사이사이에 우거진 덩굴식물들과 결합하여, 하목층 앞에서 일종의 울타리를 형성한다.

이 그물망 울타리 안에, 숲 전체의 기억으로 남게 되는 잎들이 걸려든다. 그것은 바람에 날려 쌓인 연한 빛깔의 타원형 너도밤나무 잎이다. 중심에서 가장자리를 향해 뻗어 있는 홈이 잎의 타원 모양을 더욱 두드러지게 만든다. 색상은 균일한 밝은 갈색이다. 일순간 덤불에 매달린 카드처럼 보이던 잎들은, 곧 숲 전체의 바닥을 영원히 뒤덮으며 누워, 아주 약간의 바람에도 반짝반짝 몸을 들썩이면서 어디서나 변함없는 게임을 끊임없이 되풀이하는 것이다. 자신의 유일한 색상인 밝은 갈색을 빛내면서.

이 수종치고는 상당히 넓게 퍼져 있는 가문비나무 군

락지 사이로 돌을 던지면 닿을 만한 거리에 험준한 산능선이 보인다. 산은 첫눈에도 벌써 뭔가 '치열한' 인상을 준다. 그곳으로 날아가는 한 무리의 새가 일제히 내지르는 비명은 마치 축포가 터지는 소리 같다. 거기에다 어딘지 정확히 알 수는 없지만—바닥은 전부 이끼로 덮여 있다—돌 하나가 다른 돌 위로 떨어지는 날카로운 소리가 정적을 깨고 들려온다. 나무들 사이에서 현혹하는 흰색 구름조각 같은 빛덩이들은 노루 엉덩이의 반사광일 뿐인데, 매 순간 주변에서 점점 더 늘어나기만 한다. (그것들 또한 숲속 카드게임의 일부다.) 혹은 그것은 나무 뒤에서 장난치며 나타난 마을 아이들의 얼굴로, 단지 오래된 그림 속 성인의 얼굴처럼 몸에서 분리되어 있는 것이 기이할 따름이다. 보통 가문비나무 숲은 무섭고 으스스한 장소로 알려져 있지만, 비가 오거나 바람이 불 때 이곳 나무 아래 있으면 매우 조용하고 건조할 뿐 아니라 심지어 바깥의 트인 장소보다 더 따뜻하기도 하다(이마를 나무줄기에 기대면 심장이 격하게 뛴다). 떨어진 가문비나무 솔방울은 시간이 지남에 따라 밝은 갈색을 띠며 광채가 나기 시작한다.

언덕 꼭대기에는 흔히 보이는 전망대도 풍경 감상용 벤치 등도 없다. 하지만 나무뿌리들이 앉을 만한 자리를 충분히 형성해놓았고, 다리는 절벽 아래로 늘어뜨릴 수 있다. 북쪽의 도시('자정 방향')는 보이지 않는다. '정오' 방향으로는 아래쪽 미개간지인 넓은 풀밭만이 확인된다. 흰개미 집처럼 흐릿한 회색이고 방금 전 지나온 묘지의 대다수 묘석 재료인 것이 분명한 작은 암벽은, 곧장 남쪽 가파른 경사면으로 넘어간다. 경사면에는 산사태에 쏟아져내린 듯 암벽 조각들이 나무들 사이에 온통 매달려 있으며, 흰색 줄기의 자작나무들 무리 때문에 첫눈에 마치 눈보라가 휩쓸고 지나간 자리 같다. 그 아래쪽 비어 있는 들판의 초록은 시간이 지남에 따라 점차 따뜻하고 깊어지면서, 도시 너머 저멀리까지 뻗어나간다. 대각선 방향으로 길 하나가 나 있다. 한번은 아이 하나가 한 남자의 뒤를 따라 달려가다가, 남자의 등에 훌쩍 올라타고 그렇게 업혀서 계속 가는 것을 보았다. 또 한번은 실제로 말을 타고 가던 사람이 어둠에 묻히며 말과 함께 하나의 거대한 형상으로 자라나기도 했다. 아래쪽 길을 걷는 사람들의 방언은, 멀리서 들으니 모든 언어가 합쳐진 하나의 언어로 들렸다.

언덕 위로 올라오는 이는 거의 마을 아이들뿐이다. 매번 바뀌는 아이들의 옷으로 숲은 색채를 입는다. 숲은 아이들의 커다란 놀이터이고, 그래서 아이들로부터 숲에 관한 풍부한 정보를 얻을 수 있다. 질문: "너희 이 숲을 잘 알고 있지?" 답변: "당연하죠!" 숲 전체가 고요하고 사람의 흔적이라곤 보이지 않을 때라도, 언덕 어딘가에는 분명 아이들이 있다. 뇌우를 알리는 첫번째 천둥소리가 들리자, 사방의 나무 사이에서 튀어나온 형상들이 각자의 집으로 달려간다.

동쪽으로 곧게 이어지는 흐릿한 회색의 능선 길을 보니 문득 군용도로 같다는 생각이 든다. 이곳에서 자라는 앙상한 관목들은 바람에 서로 스치면서 날카로운 비명을 지르거나 둔중한 모스부호처럼 딱딱거린다. 나무껍질의 송진이 흘러내린 자리는 총알자국 때문일까? 너도밤나무 한 그루가 번개를 맞아 몸통에서 나온 가장 큰 중심 가지가 부러졌고, 뭉뚝한 맨몸뚱이가 된 나무는 세 가지 색의 띠를 만들어낸다. 잘려나간 자리의 흰색, 바람을 등진 남쪽의 청회색, 기후면의 어두운 노란색(비가 올 때면 검은색). 풀숲의 흰 꽃처럼 보이는 것은 사실 동물의 이빨이다. 그리고 실제로, 아마도 수풀 속에서 나온 듯, 다리를 건들거리며 개 한 마리가 모퉁이에서 나타난다. 길게 늘어뜨린 혀를 채찍처럼 앞뒤로 흔들면서, 소리 없이 무릎 뒤편에 코를 박고 킁킁댄다. 길가의 날카롭게 각지고 솟아오른 바위는 오래된 바위 무덤이다.

그러나 무덤은 비어 있다. 무덤 안으로 날아들어가 쌓인 밝은 갈색 너도밤나무 잎새들만이 타원형과 평행 무늬로 영원한 안식의 기운을 발산한다.

그리고 곧이어서 나타나는 비탈은 숲에서 유일하게 사시사철 솟는 샘의 발원지다(오늘은 손가락 굵기였다가 내일이면 팔뚝 굵기가 된다). 샘 아래쪽에는 작은 계곡까지 형성되어 있는데, 세 칸의 전형적인 계단형 테라스 구조다. 언덕의 동쪽 기슭에는 한참 전부터 기대해온 바위 동굴이 있지만 철창문으로 막혀 있다. 내부에서 울리는 물방울 소리. 마치 북의 가죽을 가볍게 두드리듯 사이사이 들리는 진동음. 그리고 다시 아이들에게서 얻은 정보. 그들은 "이미 여러 번이나" 동굴 속에 들어가보았다. 박쥐는 없다. 안에서는 버섯을 재배한다.

이미 숲이 마을을 향해 평평하게 이어지며 집들이 보이기 시작하는 이 자리에 이르자 마침내 기다리던 작은 연못이 나타난다. 샘물이 흘러들어가는 그 연못으로 가로수길처럼 널찍한 벌목로가 곧장 이어진다. 연못은 겨울이 다 지나간 이후까지도 회백색 얼음으로 덮여 있다. 일부러 느린 발걸음으로 다가가는 중에 발바닥 아래 남은 숲속 판자길의 여운은 또다른 불특정한 기억이다. 가문비나무 사이에는 키 큰 침엽수 아래 종종 눈에 띄는

관목인 딱총나무 덤불이 있다. 가지에는 이른봄부터 끄
트머리가 푸르스름한 어두운 녹색 잎이 날개처럼 달린
다. 이 연못은 마을 근처에서는 유일하게 새들이 모여
드는 장소이기도 하다. 복잡한 새소리가 한꺼번에 울려
퍼지면 숲은 대형 강당처럼 변한다. 어떤 소리들은 마치
정지신호와도 같다. 로데오 기수가 올가미를 빙글빙글
돌리듯이 길게 뻗어나가는 휘파람. 새들의 노래는 계절
에 따라 바뀌며, 느리게 회전하는 별의 천공을 떠올리게
한다. 땅거미 질 무렵, 여러 겹으로 구불구불하게 엮인
연한 빛의 딱총나무 덤불에는 마치 땅에서 스며올라온
듯한 박명이 고여 있다. 대부분 맨발로, 최후의 아이들
이 그 앞을 지나쳐간다. 옆에 선 가문비나무 가지는 종
려잎 같은 그림자를 드리운다.

　얼음이 얼지 않은 둥근 연못의 물이 거의 알아차릴 수
없게 고요히 움직인다. 물고기가 풍부한 연못 수면에는
화산성 응회암처럼 스티로폼 조각이 떠다닌다. 연못의
가장자리에는 문짝으로 만든 뗏목이 앞쪽에서 불어오는
바람을 맞아 마치 파도에 흔들리듯이 그네를 뗀다. 이마
에 가볍게 떨어지는 저녁 빗방울의 상쾌함.

　숲과 마을 사이 경계에 이르자 길에는 다시 로마 도로
의 포석이 희게 빛나고 비닐 포장이 덮인 장작더미도 나

타난다. 둥근 통나무를 톱질하여 정사각형으로 쌓아놓은 더미는 어스름한 배경 속에서 유일하게 환한 물체다. 그 앞에 한참을 서서 바라본다. 마침내 오직 색채만이 남을 때까지. 그런 다음 형체가 뒤를 따른다. 그것들은 관찰자를 가리키는 방향으로 흐르지만, 매번 각각 다른 곳을 겨냥한다. 숨을 내쉰다. 어느 특정한 순간, 극단적으로 몰두하고 극단적인 주의를 기울이는 사이, 목재의 틈새 공간이 어두워지면서, 장작더미가 회전하기 시작한다. 처음에는 얇게 절단해놓은 공작석처럼 보인다. 그런 다음 색채검사표의 숫자가 나타난다. 밤이 되고, 다시 낮이 된다. 시간이 지남에 따라, 단세포생물의 떨림, 알려지지 않은 태양계, 바빌론의 돌담. 몇 겹이나 되는 제트 광선을 분사하며, 광범위한 비행이 시작된다. 그리고 최종적으로, 단 한 번의 번쩍임과 함께, 색채들이 전체 장작더미를 가로질러 최초 인간의 발자국을 드러낸다.

그후, 숨을 들이마시며 숲에서 멀어진다. 오늘의 인간들에게 되돌아온다. 도시로, 광장과 다리로, 부두와 통행로로, 스포츠 경기장과 뉴스로 되돌아온다. 종과 상점들로, 금빛 광채와 주름 잡힌 자락으로 되돌아온다. 집에는 한 쌍의 눈동자가 있는가?

겨울을 지나 1980년 초까지, 잘츠부르크에서 쓰다.

보여진 것들의 사색

"연결은 가능하다, 하고 그는 스케치 아래에 썼다. 내 삶의 모든 순간은 매번 다른 순간과 서로 연결되어 있다. 그 어떤 매개 장치도 없이. 그냥 직접적으로 맞닿는 그런 연결이 존재한다, 내가 그것을 상상하기만 한다면."

_『느린 귀향』에서

1978년 초, 잘 알려진 이름과 세계적인 명성에 비해서, 그리고 아마도 그의 책을 최소한 한두 권 이상은 읽었을 텐데도 불구하고 우리가 실제로는 거의 모른다고 할 수 있는, 슬로베니아인 어머니와 독일인 아버지 사이에서 태어난 오스트리아 작가 페터 한트케는 파리의 주드폼미술관에서 화가 폴 세잔의 전시회를 보게 된다. 그는 썼다. (그는 항상 수첩에 메모를 하는 작가에 속하며, 컴퓨터로는 글을 써본 적이 없다고 밝힌 바 있다.)

"특히 초상화 하나가" 그를 "깊이 사로잡았다". 그것은 「팔짱을 낀 남자」였다.

그것이 시작이었다. 당시 삶과 글쓰기 양면에서 위기를 맞고 있다고 느낀 작가는 존재와 예술의 의미를 자기 자신에게 더욱 분명히 하려는 의도로 1978년 세상의 북쪽 끝, 알래스카로 떠난다.

23세에 발표한 데뷔작 『말벌들』 이후 커다란 센세이션을 몰고 온 희곡 『관객모독』으로 이름이 널리 알려진 이래 줄곧 언어와 세계와의 관계라는 비밀을 자신의 문학의 중심으로 삼아온 작가 페터 한트케는 '오스트리아의 깊숙한 곳'에 도달하기 위해 커다란 반경(아치)을 그리며 집으로 돌아오려는 '느린 귀향' 프로젝트를 실행에 옮긴 것이다. 이후 그 결과물은 매우 느슨한 형태의 4부작으로 탄생한다. 첫번째는 『느린 귀향』(1979)이며 두번째 작품이 지금 독자들의 눈앞에 있는 『세잔의 산, 생트 빅투아르의 가르침』(1980)이다. 세번째는 『아이 이야기』(1981), 마지막은 극시 『마을의 관하여』(1981)이다.

그렇게 한트케는, 알래스카에서 캘리포니아로, 다시 미 동부로, 그 사이 여러 장소와 도시를 거쳐 뉴욕으로 이동하면서 세잔의 그림 「팔짱을 낀 남자」를 주인공으로 하는 작품을 쓰고 있었다.

여러 시행착오 끝에 한트케는 주인공에게 '발렌틴 조르거'라는 이름과 지질학자라는 정체성을 부여한다. 물론 조르거는 한트케의 문학적 공모자, 즉 한트케 자신이기도 한 인물이다. 알래스카에서 일하던 조르거는 한트케와 마찬가지로, 아니 한트케와 함께, 아메리카의 북쪽 끝에서 출발하여 캘리포니아와 미 동해안을 거쳐 유럽으로, 고국인 오스트리아로 느리게, "더 커다란 반경을 그리며 집으로 돌아가"게 된다. 물론 여기서 '집'이나 '돌아간다'는 표현은 지리적인, 또는 거리상의 의미만은 아닐 것이다.

그렇게 탄생한 책 『느린 귀향』은 주인공이 자신이 태어난 대륙 유럽으로 향하는 야간 비행기 안에서 끝난다.

조르거가 지질학자인 것은, 『느린 귀향』을 읽지 않은 독자들에게조차 그것이 이 책 『세잔의 산, 생트빅투아르의 가르침』과의 연관선상에 있음을 짐작하게 만들 것이다. 조르거는 자신을 둘러싼 자연의 형체를 전문가적인 냉철한 시선으로 관찰하면서, 그러한 관찰의 결과 자신이 그 어떤 공동체에도 소속되지 못했음을 자각하게 된다. 그리고 아이러니하게도 텅 비고 앙상하며 척박한 자연의 모습이 마치 거대한 소용돌이처럼 그를 끌어당기는 것을 느낀다. 그리고 자신의 원 고향에서는 한 번도 상상할 수 없었던 일, 고국과 나라, 땅과 사람에게 속한다는 것에 대해서 진지하게 생각해본다. 낯선 야생을 마주한 그는 비로소 "마을이란 무엇일까" 하는 질문을 떠올렸으며, 집의 가능성에 대해 생각하게 된 것이다.

그리고 이어서, 1인칭으로 돌아온 작가는 마치 『느린 귀향』의 마지막 장과 바로 이어지는 것처럼, 다음의 문장으로 두번째 책을 시작한다.

"유럽으로 돌아온 후 나는 매일매일 활자가 필요했고 많은 글을 새로이 읽었다." 『세잔의 산, 생트빅투아르의 가르침』의 첫 문장이었다.

1979년 초, 발렌틴 조르거로서 아메리카대륙을 떠나 1인칭으로 유럽에 도착한 작가는 베를린, 런던, 뮌헨, 베네치아, 이타카, 델피, 아테네, 파리, 베르사유, 엑상프로방스 등의 유럽 여러 도시를 거쳐, 1980년 초에야 잘츠부르크에 정착했다. "그 어디에서도 그 누구의 집에서도 살지 않았"던 그 "막간의 시기"에 한트케는 남프랑스의 엑상프로방스를 방문했고, 그곳에서부터 세잔의 주요 모티프였던 생트빅투아르산을 두 차례 찾는다 (7월, 12월). 또한 그는 베를린과(이 책의 「차가운 들판」), 이후 계속해서 잘츠부르크에서 이 책을 작업했으며, 글을 쓰지 않는 시간이면 잘츠부르크 인근의 모르츠그숲으로 산책을 나서곤 했다(이 책의 「커다란 숲」).

『세잔의 산, 생트빅투아르의 가르침』은 『느린 귀향』과 마찬가지로, 한트케가 스스로 발견한 스승인 화가 폴 세잔의 영향 아래서 쓰인 책이다. 화가 폴 세잔의 회화와 그가 남긴 예술론(비록 파편적이지만)은 페터 한트케뿐 아니라 많은 예술가와 지성인에게 영감과 영향을 주었다. 대표적으로는 한트케가 직접 번역을 하기도 한(한트케는 뒤라스와 르네 샤르, 장 주네, 셰익스피어 등 프랑스어와 영어권뿐 아니라, 고대 그리스 작품을 비롯하여 슬로베니아 문학작품을 독일어로 번역한 번역가이기도 하다) 프랑스 시인 르네 샤르, 모리스 메를로퐁티, 러시아 시인 오시프 만델스탐, 독일 시인 라이너 마리아 릴케 등이 있다.

그렇지만 이 책은, 아마도 일부 독자들이 쉽게 기대했을 법한 것과는 달리, 세잔의 그림에 '관한' 미술 에세이거나 세잔의 주요 모티프였던 생트빅투아르산을 여행한 여행기라고 규정할 수는 없다. 이 책에서 한트케는 세잔에 대한 열광을 숨기지는 않지만, 그의 여러 여정 중에서 엑상프로방스에 머물렀던 기간은 가장 짧은 편에 속하며 생트빅투아르산의 묘사가 이 책의 내용 전체를 지배하는 것도 아니다. 또한 책에 인용된 괴테의 『색채론』과 비교할 만한 예술론과도 거리가 멀다. 그 무엇으로 보려 하더라도 이 책은 독자의 의도된 시선을 비껴간다. 또한 이 책의 형태가 무엇인가에 관해서도 평론가와 연구자들 간의 여러 논의가 있었다. 그리하여 대체로 일치된 의견은, 자전적인 1인칭 화자를 내세우고는 있지만 그가 작가 자신과 완전히 일치하지는 않고 에세이와 유사한 형식을 일부 갖추고는 있으나 근본적으로 픽션이라는 것이지만, 한트케 자신은 이 작품을 어느 정도는 마니페스트(표명, 선언)의 성격이 있는 것으로 보았다.

작가는 화가의 '현실화' 과정을 거꾸로 추적한다. 가장 먼저 세잔의 그림을 발견하고, 그림의 주변 환경을 거슬러 화가의 작업 장소인 아틀리에를 방문하고, 마지막으로 그림의 대상인 산으로 간다. 물론 이러한 과정이 순차적으로 정돈되어 서술되지는 않는다. 나는 번역을 하면서 개인적으로 이 책의 가장 흥미로운 점 중의 하나가 예리한 언어로 커다란 아치를 그리며 느리게, 하지만 동시에 논증이나 설명을 생략하고 직접 화살처럼 사물 안으로 꽂히듯 핵심으로 진입하는 특유의 서술 방식, 그것을 통해 아름다움을 구축해나가는 기술이라는 생각을 했다. 책에 나온 표현대로 그것은 그의 글쓰기의 원칙이었던 '사물 안으로의 꿈꾸기'의 한 방식일지도 모른다. 사물적 대상인 몸과의 합일을 이루는 방식이며, 작가로 하여금 "연결은 가능하다, (……) 그 어떤 매개 장치도 없이, 그냥 직접적으로 맞닿는 그런 연결이 존재한다, 내가 그것을 상상하기만 한다면" 하고 말하게 만드는 그것. 쿠르베의 회화 앞에 선 세잔처럼. "여기 사냥개들, 피 구덩이, 나무. 여기, 장갑, 레이스, 치맛자락의 구겨진 비단 천." 보여진 것들을 사색하는 방식으로서의 그림.

한트케는 세잔에 대해서 메모했다. "다른 화가들은 그림을 그리지만, 세잔은 그림 뒤에 있는 그림을, 하나의 사물 안에 있는 다른 사물을, 하나의 사람 속에 있는 다른 사람을, 혹은 사물 속에 있는 인간을 그린다."

세잔은 자신의 예술론을 이론으로 정리해서 남겨놓지 않았고, 그래서 후대는 남아 있는 편지나 대화 회고록 등에서 스치듯이 언급된 진술을 토대로 추정하는 부분이 크다. 우리가 아는 바에 따르면 세잔과 한트케의 예술가로서의 운명은 매우 대조적이다. 세잔은 사후에야 현대 미술의 아버지라는 칭호를 얻었지만 생전에는 거의 인정받지 못하는, 말하자면 중심으로부터 벗어나 있는 화가였다. 반면에 1966년 비틀스 머리를 한 새파란 작가 초년생이었던 한트케는 47그룹 비판으로 일약 유명해져서 이른 나이에 문학계의 팝스타가 되었다. 한편 세잔은 은행가 아버지의 유산으로 평생 부유했지만 한트케의 어린 시절은 계부가 실업수당을 술로 탕진하고 집 안에서는 부부싸움이 끊이지 않는, 경제적으로 가난한 환경이었다. 이 책에 등장하는 계부, 그리고 생부와의 짧고 단편적인 에피소드의 이해를 돕기 위해 덧붙이자면, 한트케의 어머니는 전쟁중에 독일군으로 오스트리아에 주둔하던 한트케의 생부(당시 이미 기혼이었던)를 알게 되었고, 한트케를 임신한 상태로 역시 독일 출신인 계부와 결혼했으며, 한트케 자신은 대학입학자격시험을 앞두고서야 생부의 존재에 대해 들었다고 한다. 그러므로 '한트케'는 그의 계부의 성이다.

세잔은 에밀 졸라에게 보낸 편지에서 썼다. "모티프를 향해 떠난다"라고. 한트케가 이 책에서 한 것도 오직 그것이었다. (내부에서) 모티프를 상상하기, 그리고 자신의 모티프를 향해 (외부로) 떠나기. 책의 첫 부분에 작가가 인용한 슈티프터의 문장은 이 책 전체를 이끌어갈 신비한 주술처럼 읽힌다.

"내 안에는 어둠의 장소들이 있었다. 나중에 기억을 되살려보
니, 그것은 내 외부에 있는 숲들이었다. 그리고 느낌이 있었다,
마치 내 삶의 최초의 것인 양, 광채와 혼돈이. 그런 다음 더이
상 아무것도 없었다."

　　　　　　　　　　　　_아달베르트 슈티프터, 『나의 삶』에서

　한트케는 책에서 썼다. "나는 폐쇄의 중단을 원할 수
있다. 나는 늘 바깥세상에서 (색채와 형체 속에) 흔들림
없이 고요히 있어야 한다." 또한 그의 메모장에서 발견
된 문장. "나는 외부에 있다. 외부에 있는 것은 나다."
　한트케는 이 책에서 자신의 글쓰기에 대해서, 글쓰기
의 방법에 대해서, 글쓰기가 어떻게 외부와 내부, 인식된
현실과 보여진 현실, 사물과 언어, 개인과 주변, 작가의 개
인적 경험과 독자, 아이디어의 서술과 실현 가능성, 그 두
가지 극 사이에서 연결과 전환의 역할을 하고 조화와 화
합을 이룰 것인지에 대해서, 길 위에서, 외부에서 생각하
고 있다. 예술가는 외부와 내부의 중재자, 사물과 언어의
매개자, 보는 것과 보여지는 것 사이의 전환을 이루어내
는 자가 되어야 한다. 보여진 것들을 사색하면서. 그는 세

잔의 회화가 사물을 현실화한 방식을 따라가면서 글쓰기 미학의 깨달음을 얻고자 한다.

하지만 이 책은 예술론이 아니므로, 비록 작가가 스피노자로 추정되는 철학자의 말을 자주 인용하고 있기는 하지만, 절대로 그것은 될 수 없고, 한트케 자신이 밝혔듯이 "가르치고 증명하는 철학은 그의 일이 아니므로", 독자들은 여기서 한트케의 생각을 막연하게 짐작할 수 있을 뿐 확실하게 정리된 문장으로 얻어내지는 못한다. 그리고 그것을 얻어내는 것이 이 책을 이해하기 위한 선결 조건인 것 같지도 않다. 단지 우리가 알 수 있는 것은, 세잔은 그림을 위해 추상적 형체를 만들어내는 기하학과 모티프가 되는 장소의 지질을 연구했다고 알려져 있고, 한트케는 그의 예술 방법론의 영향을 받았으며, **인식된** 현실은 **보여진** 현실과 부합하지 않는다는 생각이 세잔의 회화와 한트케의 글쓰기를 이해하는 핵심이 되리라는 것이다.

한트케는 이 책을 두 가지 방식으로 작업했다고 알려진다. 하나는 모든 관찰과 인지, 느낌과 감각, 아이디어와 구상, 사색을 현장에서 그대로 기록한 메모다. 그리고 다른 하나는 타자기로 거의 쉬지 않고 전체 텍스트를 짧은 시간 안에 끝까지 계속 입력하는 방식이다. 이때 그가 작성한 메모의 상당 부분이 별다른 가공 없이 그대로 텍스트로 전환되기도 했다. 치밀하고 꼼꼼한 준비 작업을 바탕으로 한, 즉흥적인 글쓰기인 셈이다. 독자들은 이 책 속 한트케의 문장에서 그런 메모의 흔적을 어렵지 않게 발견할 것이다. 그것은 혹시 한트케의 동행자였던 D가 말하는, 외투 중의 외투를 만드는 과정, 연결과 전환의 구현과도 연관된 것이 아닐까.

마지막으로. 이 책에는 매우 특별한 장이 있는데, 그것은 필루비에 외인부대 병영의 개가 나오는 「늑대의 점프」다. 나는 그 장을 처음 읽고 그날 하루종일 더이상 이 책의 페이지를 넘길 수가 없었다. 그것은 내게 언어와 문학의 어떤 정수처럼 보였기 때문이다. 그것은 부드러운 색조로 이루어진 프로방스의 언덕 풍경이 길게 펼쳐지다가, 갑자기 나타나 독자의 얼굴을 향해 덤벼드는 광기의 흰 이빨과도 같았다. (그 흰빛은 곧장 내가 지난해 프로방스에 머물 때의 기억과 연결되는데, 그때 나는 차를 몰고 가파른 벼랑이 이어지는 산악지대의 구불구불한 길을 통과하고 있었고, 어느 모퉁이를 도는 순간 눈앞에 주변의 바위나 녹색 풍광과 선명하게 대조되는 거대한 흰빛의 암석덩어리가 가까이에서 갑자기 나타나는 바람에 놀랐다. 기묘하게 불투명한 백색의 광채를 내부에 머금은 듯한 산은, 우연히 지구에 떨어저버린 외계 행성 같았다. 그리고 그것이, 그림으로만 보았던 생트빅투아르산이라는 것을 즉시 알아차렸다.) 어떤 작가가, 자신의 작품에 이토록 거대한 증오를 이처럼 놀랍게 성공적으로 형상화한 적이 있었던가. 그런데 도대체 이 개는 무엇이며, 무엇 때문에 등장한 것일까. 여러 평론가들과 연구자들이 다양한 해석을 내놓았다.

가장 평이하게는 프로이트적이며 사회학적인 해석인데, 개가 곧 그의 계부의 기억이라는 것이다. 한트케의 계부는 나치 정권에서 독일 국방군이었다. 그것이 곧 폭력적이며 조야한 군사적 분위기를 상징한다는 것이다. 좀더 광범위하게는 글쓰기를 저해하는 세상의 광기, 무지, 전쟁 등의 악이라고 보는 입장도 있다.

그런가 하면 개에 대한 한트케의 개인적인 적대감의 표출이라고 하기도 한다. 책에서도 나타나지만 한트케는 개와 그다지 좋은 경험을 이어가지 못했고, "항상 내가 자유롭다고 느낄 때마다 길목에는 개가 한 마리 서 있었다"라고 메모를 남겼다. 또한 그 개가 단테의 『신곡』에서 악의 상징으로 나오는 개에게 영감을 받은 것이며, 할아버지가 개의 입에 흙을 뿌린 기억은 "베르길리우스가 개의 입속으로 흙을 던져넣었다"는 『신곡』의 구절을 변형한 것이라는 의견도 있다. 한트케는 세잔의 작업실에 걸려 있던 옷으로 '스승'인 세잔과 자신의 (외)할아버지를 반복적으로 동일시하면서 슬로베니아계인 모계에서 구원과 희망의 가능성을 발견하는 반면 생부와 계부로 대표되는 독일(서유럽)에 대해서는 정반대의 태도를 취하는 편이다.

마지막으로 흥미로운 해석은, 필루비에의 개는 당시 막강한 영향력을 가져 문학의 제왕이라고 불린 문학평론가 마르셀 라이히라니츠키Marcel Reich-Ranicki를 형상화했다는 의견이다. 당시 한트케의 메모에는 "개는 내 적에 해당한다. 나를 죽이지 못해 괴로워 몸부림치는 개의 고통을 나는 지켜본다"라는 구절이 있다. (그런데 『세잔의 산, 생트빅투아르의 가르침』을 읽은 라이히라니츠키는 자서전 『사로잡힌 영혼Mein Leben』에서 개가 나오는 이 장을 언급하면서 반대로 한트케가 자신의 죽음을 바라고 있다고 썼다.)

또한 개가 외인부대 소속이라는 것, "게토의 삶으로 인해 더욱 강화되었을 살의에 불타는, (……) 오직 사형집행종으로서만 기능하는 특급 견본"이라는 표현(라이히라니츠키는 폴란드 출신 유대인이었고, 전쟁중에 바르샤

바 게토에 격리된 경험이 있었다), 그리고 이 장을 위한 한 트케의 메모에 R-R라는 이니셜이 썼다가 지워진 채로 남아 있다는 것이 그 근거였다.

배수아

페터 한트케 Peter Handke

현대 독일 문학을 대표하는 작가다. 1942년 오스트리아 그리펜에서 태어났다. 그라츠대학에서 법학을 공부하다 첫 소설 『말벌들』(1966)이 출간되자 학업을 중단했다. 그해 전후 독일 문학계를 주도하던 '47그룹' 모임에서 파격적인 문학관으로 거침없는 독설을 내뱉으며 문단의 주목을 받았다. 소설 『페널티킥 앞에 선 골키퍼의 불안』(1970), 『긴 이별을 위한 짧은 편지』(1972), 『소망 없는 불행』(1972), 『느린 귀향』(1979), 『아무도 없는 만(灣)에서 보낸 나의 1년』(1994), 『어두운 밤나는 적막한 집을 나섰다』(1997), 희곡 『관객모독』(1966), 『카스파』(1967), 이 외에도 예술이론 에세이 『나는 상아탑의 거주자』(1967), 『어느 작가의 오후』(1987) 등 현재까지 80여 편의 작품을 발표하였으며, 빔 벤더스 감독과 영화 「베를린 천사의 시」의 시나리오를 공동 작업했다. 그의 작품들은 유명 영화감독들에 의해 영화로 만들어졌으며, 자신이 직접 연출하기도 했다. 게르하르트 하웁트만 상, 실러 상, 게오르크 뷔히너 상, 프란츠 카프카 상 등 독일의 저명한 문학상을 휩쓸었으며 2019년 노벨문학상을 수상했다.

여러 장르를 넘나드는 그의 글쓰기는 여러 곳을 여행하듯 살아가는 그의 삶과 결코 무관하지 않을 것이다. 『세잔의 산, 생트빅투아르의 가르침』은 그의 문학 인생에서 특별한 영감을 얻은 순간과 여정을 기록한 에세이이자, 그의 문학관을 엿볼 수 있는 작품으로 평가받는다.

옮긴이 배수아

소설가이자 번역가. 1993년 『소설과사상』에 「천구백팔십팔년의 어두운 방」을 발표하며 작품활동을 시작했다. 소설집 『푸른 사과가 있는 국도』 『훌』 『올빼미의 없음』 『밀레나, 밀레나, 황홀한』 『뱀과 물』, 장편소설 『일요일 스키야키 식당』 『부주의한 사랑』 『에세이스트의 책상』 『북쪽 거실』 『서울의 낮은 언덕들』 『알려지지 않은 밤과 하루』, 산문집 『작별들 순간들』 『처음 보는 유목민 여인』 등을 발표했고, 옮긴 책으로 페르난두 페소아의 『불안의 서』, 프란츠 카프카의 『꿈』, W. G. 제발트의 『현기증. 감정들』 『자연을 따라. 기초시』, 로베르트 발저의 『산책자』, 클라리시 리스펙토르의 『달걀과 닭』 『G.H.에 따른 수난』 등이 있다.

세잔의 산,
샌트빅투아르의 가르침

1판 1쇄   2020년 10월 20일
1판 3쇄   2023년 9월 11일

지은이   페터 한트케
옮긴이   배수아
펴낸이   김소영
책임편집   임윤정
편집   황문정 김소영
디자인   김마리
마케팅   정민호 박치우 한민아 이민경 박진희 정경주 정유선 김수인
제작처   상지사

펴낸곳   (주)아트북스
출판등록   2001년 5월 18일 제406-2003-057호
주소   10881 경기도 파주시 회동길 210
대표전화   031-955-8888
문의전화   031-955-7977(편집부) 031-955-2689(마케팅)
팩스   031-955-8855
전자우편   artbooks21@naver.com
트위터   @artbooks21
인스타그램   @artbooks.pub

ISBN 978-89-6196-380-0 03850